TODOS OS DIREITOS DO PRODUTOR FONOGRAFICO E DO PROPRIETARIO DA OBRA GRAVADA SAO RESERVADOS. A REPRODUCAO EXECUCAO PUBLICA E RADIODIFUSAO DESTE DISCO ESTAO PROIBIDAS
ORIGINAL PIPOCA & NANQUIM
DANIEL LOPES
RAPHAEL SALIMENA
STEREO
33 1/3
1
6349 132
6343 132 A
FEITO EM AGUARDELA
PROD. E DISTR. PELA CASA XISTO
RUA DOS ANDÔRES, 32, CENTRO
Série AZUL
℗ 982
CB028732

100 DISCOS PARA CONHECER AGUARDELA

DANIEL LOPES
RAPHAEL SALIMENA

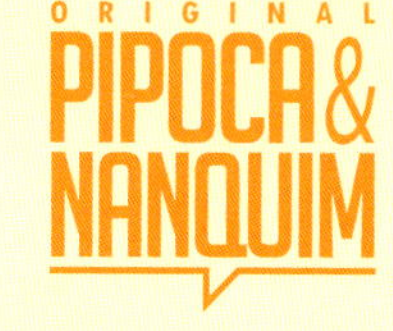

100 DISCOS PARA CONHECER AGUARDELA

Roteiro: Raphael Salimena e Daniel Lopes
Arte: Raphael Salimena
Diagramação dos extras: Arion Wu
Design da capa: Guilherme Barata
Assistentes de arte: Camila Suzuki, Danilo de Assis e Diego Assis
Assistentes de edição: Felipe Grave, Gabriela Kato, Rodrigo Guerrino e Rômulo Luis
Edição: Daniel Lopes e Luciane Yasawa
Gerente editorial: Bernardo Santana
Direção de arte: Arion Wu
Direção editorial: Alexandre Callari, Bruno Zago e Daniel Lopes

Impresso pela Ipsis Gráfica
Novembro de 2024

Música "Dora":

Letra: Russo Passapusso
Direção musical: Russo Passapusso e SekoBass
Arranjos de sopro e teclas: Ubiratan Marques
Voz: Russo Passapusso e Karina Buhr
Flauta: Nilton Azevedo
Vibrafone: Erica Sá
Bateria e percussão: Reinaldo Boaventura
Mix: Gustavo Lenza
Master: Felipe Tichauer
Produção executiva: Lohana Schalken
Produção artística: Carina Palmeira
Produção: Claudia Santa Rosa

Dados Internacionais de Catalogação na Publicação (CIP)

S165c Salimena, Raphael
100 discos para conhecer Aguardela / Raphael Salimena, Daniel Lopes. – São Paulo : Pipoca & Nanquim, 2024.
228 p. : il.

ISBN: 978-65-5448-101-4

1. História em quadrinhos – música. I. Lopes, Daniel. II. Título.

CDD: 741.5
CDU: 741.5

André Felipe de Moraes Queiroz – Bibliotecário – CRB-4/2242

pipocaenanquim.com.br
youtube.com/pipocaenanquim
instagram.com/pipocaenanquim
editora@pipocaenanquim.com.br

PREFÁCIO

SAUDADE QUE GUARDO POR ELA

Acordei cedo, dormi às 5h da manhã.

Com tanta gente fazendo música na noite de ontem, acho que ficou difícil olhar pro relógio. Quando olhei, parecia até que o tique-taque do tempo era um agogô marcando as horas perdidas feito um maracatu que rege cada compasso de som nas ruas de Aguardela.

Ah, Aguardela... Como pessoa que visita rotineiramente este lugar, preciso contar umas coisas pra vocês.

Nasci em Feira de Santana, já morei em Senhor do Bonfim e Santo Antônio de Jesus, passei um tempo em Juazeiro e atualmente tô em Salvador, mas pensando em me mudar pra cá. Tudo aqui respira música...

A primeira vez que vim pra cá, foi a convite do meu amigo Vidraça, um dos caras mais legais e um dos melhores músicos que conheço. Ao botar os pés na Praça do Louro, eu soube que não existe nenhum lugar como este no mundo. A impressão que tenho ao caminhar por estas ruas é de que toda janela abre o olho pra me admirar e, de porta em porta, as bocas me convidam pra cantar.

> *Aguardela é o nome da cidade que me faz lembrar da saudade que guardo por ela.*
> *É saudade sem buraco no peito,*
> *Saudade que preenche de outro jeito,*
> *É espera que se transforma em esperança,*
> *Como velhinhos se transformam em crianças,*
> *Sonho vivo que me alcança quando acordo e quando deito.*
> *Faz de um sono um soneto.*

Além de querer conhecer mais sobre as particularidades da região e de seus moradores, comecei a procurar uns discos antigos de músicos e bandas daqui e fui ficando cada vez mais fascinado... O primeiro que me recomendaram foi o essencial compacto *Dorinha*, de 1950, que serviu de base pra tudo. Foi paixão à primeira vista. Dorinha me encantou e me trouxe uma sensação de familiaridade imediata: ouvindo a música "Sigo", senti que a conhecia há muitos anos.

Pois bem, pouco tempo depois, me aproximei dela e até me hospedei uns dias em sua casa. Mas fico pouco, não gosto de incomodar, sou visita invisível... se bem que incomodar Dora é impossível. Ela me contou que, depois que veio pra cá, se encontrou e nunca mais pensou em voltar.

Entre idas e vindas, nos intervalos das turnês do BaianaSystem, fui garimpando cada vez mais, e a minha coleção de discos aguardelenses foi aumentando exponencialmente. Consegui até o raríssimo *A Linha do Horizonte*, do Edison Samaritano. Estou cada vez mais embrenhado na cultura desta terra. Adoro descer pra Marisma pra ver os shows da Boca Boa de Beijar e subir o Morro de Pesar pra curtir uma roda de samba comandada por Vivi e Da Gema.

Fiz amizade com gente como Sérgio Calado, um sábio em todos os sentidos, inclusive quando o assunto é bons bares e restaurantes. Telma Cesarini um dia me levou pra dar um rolê de kombi e só voltamos depois de quinze dias. Outra figura com quem trombei aqui e rolou aquela sintonia instantânea foi a Soninha Trovão, que parece conhecer todo mundo de uma Oirá a outra.

Constantemente me pergunto: que lugar é este? Como pode uma produção tão vasta e singular, feita por tanta gente talentosa, ser tão pouco comentada? Comecei então a mostrar as paradas que descobri aqui pra todo mundo que conheço.

Recentemente, tive o privilégio de gravar uma música minha, "Dora", com o Coletivo Pé no Chão, ao lado de um povo amorosamente musical, como Karina Buhr, que deu vida à voz da canção comigo. SekoBass, que, na primeira vez que ouviu essa música, sofreu e sorriu com o contrabaixo, criando uma frase circular que deu sentido e direção pra toda a canção. Maestro Ubiratan Marques, que desenhou belas notas no Fender Rhodes, me mostrou como o sentimento deveria soar. Erica Sá, musicista preciosa, que só alimenta a minha paixão pelo seu instrumento chamado vibrafone. Nilton Azevedo, músico incrível, simplifica a palavra "virtuose" de uma forma tão bonita. Reinaldo Boaventura e sua capacidade de lembrar a todos nós que o coração é um instrumento rítmico. Gustavo Lenza e sua tradução majestosa na mesa de som, junto de seu parceiro Felipe Tichauer. Lohana Schalken, Claudia Santa Rosa, Carina Palmeira e o importantíssimo fundamento de arte-pensamento de Filipe Cartaxo... Pessoas que reforçam a minha crença de que todo mundo pode fazer música, mesmo sem cantar ou tocar um instrumento. Tem muita gente boa que participou e se empolgou com tudo isso, e assim fizemos essa música tão especial pra este projeto lindo.

Este livro de Raphael Salimena e Daniel Lopes, outros dois apaixonados por música, além de um guia pra conhecer mais sobre os artistas de Aguardela, é um registro histórico fundamental sobre um lugar muito especial que precisa ser mais amplamente reconhecido. Sei que quem vê cara, não vê coração, mas descobri que aqui em Aguardela dá pra sentir no coração quando vemos as capas desses discos antes de ouvir a canção. As capas dos discos contam histórias, quebram segredos, revelam arranjos, encontros, desencontros, revoltas, coragens e medos...

Aguardela é sobre tudo isso... e muito mais.

Russo Passapusso
Aguardela, outubro de 2024

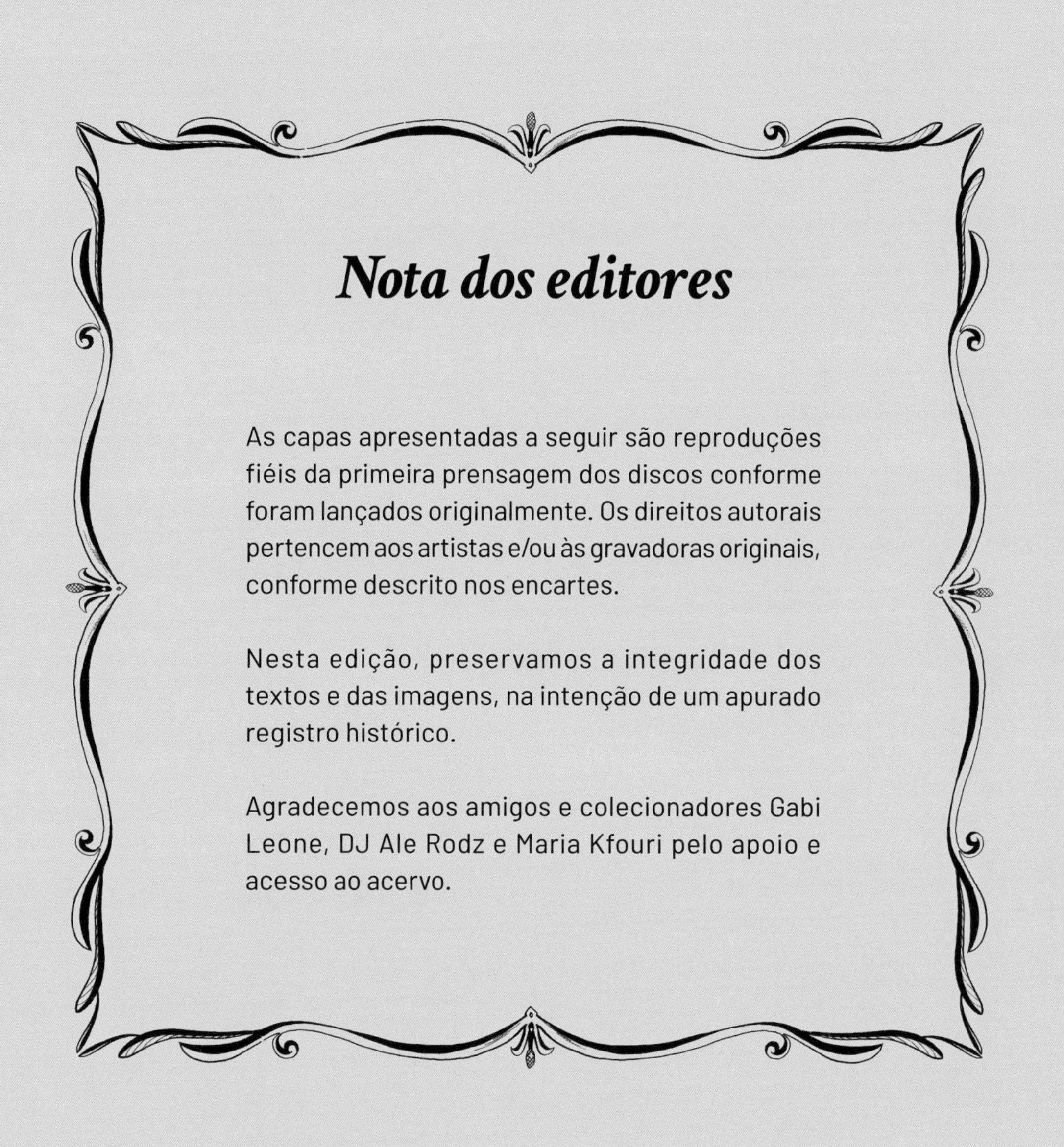

Nota dos editores

As capas apresentadas a seguir são reproduções fiéis da primeira prensagem dos discos conforme foram lançados originalmente. Os direitos autorais pertencem aos artistas e/ou às gravadoras originais, conforme descrito nos encartes.

Nesta edição, preservamos a integridade dos textos e das imagens, na intenção de um apurado registro histórico.

Agradecemos aos amigos e colecionadores Gabi Leone, DJ Ale Rodz e Maria Kfouri pelo apoio e acesso ao acervo.

ANOS 1950

DORINHA

LETRA DA CANÇÃO "SIGO"

Vôo pelo mundo
Sempre em busca

Atravesso oceanos
Florestas no horizônte

Sigo por montanhas
Estrada larga
Trilha estrêita

Sigo por casinhas
Janelas de madeira

Entro numa delas
De todas a menor

E encôntro

Eu

DESENHO DE FERNANDA XISTO

SÔBRE A ARTISTA

A môça DORINHA apareceu sem aviso em Aguardela, simplesmente em meio de tarde nublada de quarta-feira estava ela, lá em banco de nossa praça, presenteando a todos com seu cancioneiro.

Mas não se engane quem tenha esta bolacha em mãos, a doçura da môça em qüestão torna-se melancolia em voz grave e viola de aço tocada com firmêza de construtor!

Entretanto, saída da música, a cantôra é de grande ternura e timidêz, até recusando-se a "posar" para o fotógrafo! (por isso vê-se êsse retrato livre e com um tanto de "molecagem"!)

Já fazem dois mêses de sua chegada e sua presença coloriu tanto nossa comunidade que Leila a pôs como atração da casa nas sextas-feiras e fêz qüestão de patrôcinar êste primeiro compacto, com a sua canção principal "SIGO" no lado "A" e a animada "QUANDO EU VIRAR PASSARINHO" no lado "B" que vai fazer dançar tôda a família!

ORIONE GILBERTO XISTO
Aguardela, 15 de junho de 1950

VIOLA E VOZ: DORINHA
PATROCÍNIO: LEILA
JORNALISTA: ORIONE GILBERTO XISTO
EQUIPAMENTO DE JOSÉ ALTIVO

NÔITES NO ARAVENA

NÔITES NO ARAVENA

O bar e lanchonete que ocupa o número 6 da Praça do Lôuro não têm nome na porta, mas qualquer aguardelão que se preze sabe tratar-se do famôso "Aravena", alicerce de nossa calorosa comunidade!

Se comumente reconhecido pelos bons quitutes, horário generoso e ambiente "animado", nos últimos tempos passa a ser gêma da cultura local: pois Leila Aravena (filha do meio de "Sêu Aravena", fundador que dá o nome ao local), junto dêste que vôs escreve, decidiu investir na nova mania de artistas da música surgidos de todos os cantos após a chegada de Dorinha! Esta própria foi a estrela da primeira "Nôite no Aravena", na qual apresentou sete canções, entre repertório próprio e versões de artistas como Reginaldo, Gilda Flor e Tõezinho!

O inesquecível evento trouxe o interesse do público por esses e outros artistas, que "toparam" a tarefa de comandar as sextas-feiras que se seguiram! E assim consolidou-se tradição: a cada semana, artista diferente mostra seu trabalho e recebe, em forma de ovação, os lôuros que da praça empresta.

Mas não é só: além dos concertos, os cantôres também "toparam" a gravação dêste disco, que possibilita que você leve êste grandioso "show" para sua casa e faça com que todas as suas festas sejam "Nôites do Aravena"! E nem precisa ser sexta-feira!

ORIONE GILBERTO XISTO
22 de Maio de 1951

LADO "A":

DORINHA - Por mim tudo bem
TÕEZINHO - Seu adeus levo comigo
GILDA FLOR - Hora do café
REGINALDO - Oi môça

LADO "B":

ONEIDE HORTA - Armação
LAURINDO BILL - Ti-ti-ti na janela
VÊVO PIRIQUITO - Piriquitei
CELINHA - Bem vem

- EQUIPAMENTO DE ORIONE GILBERTO XISTO
- TEXTO DE ORIONE GILBERTO XISTO
- PRODUÇÃO DE ORIONE GILBERTO XISTO E LEILA ARAVENA
- NA CAPA:
PINTURA DE CARMÁRCIO MOREIRA
retrata com fidelidade o amado número 6 da Praça do Lôuro

O
PI-
RI-
QUI-
TO
chegou!
SONOPLASTIA E PROPAGANDA LTDA.
Demétrio/52

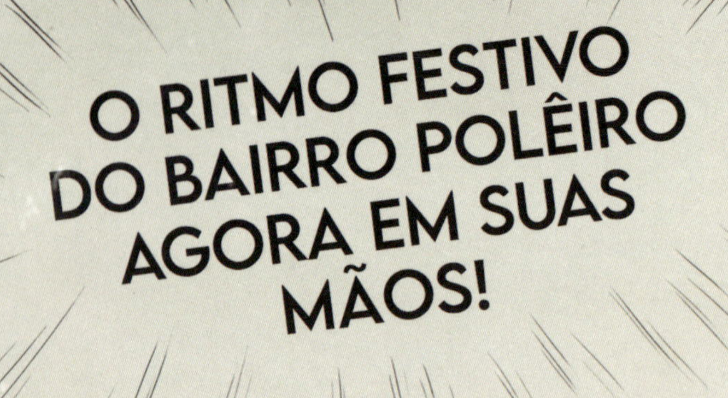

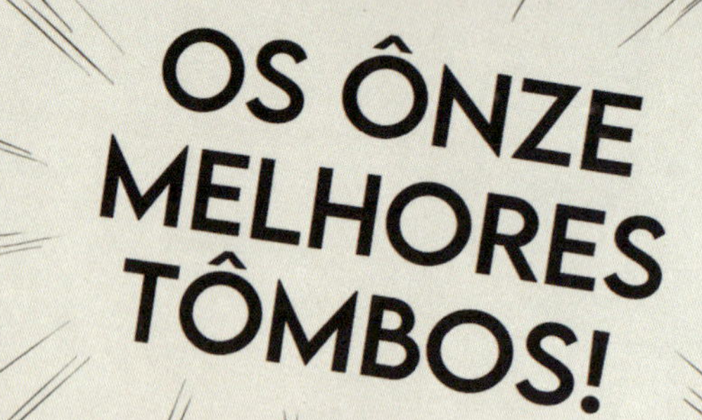

Em Dias de Piriquito, os Poleirênses se encôntram cêdo na Praça da Revôada e aguardam os músicos para o início da Corredêira! Cada Corredêira abrânge em média entre vinte e cinco e quarenta Tômbos, e pode chegar a até cinco horas de duração - apesar de que já se registrôu Corredêira de três dias! É caso dado!

Marcado por surdo, maraca, acordeôn e gaita, a estrela do Piriquito é o chôro do Fifico, melodiôso instrumento em fôrmato de bico criado no Polêiro, que acompanha, mas também atravessa (e até derruba!), o cantôr!

Êste registro marca o reêncontro do "Piado de Ôuro" Vevo Piriquito com seu mais clássico fifiqueiro Ulysses Piriquito, após a contênda que se estendêu dêsde a dramática e inesquecível Corredêira do Terremoto!

LADO A

1. "PRÁ" DANÇAR O PIRIQUITO
2. O PIRIQUITO DA SAUDADE
3. PIRIQUITO 1 2 3
4. PIRIQUITEI DE VÊZ
5. PI-RI-RI-QUITO-TÔ
6. PIRIQUITO DA CADÊIRA

LADO B

1. PIRIQUITO FUGIDIO
2. O PIRIQUITO DA ALEGRIA
3. PIRIQUITO DAS BÔDAS
4. ÔUTRA VEZ... PIRIQUITO!
5. QUIRIPITO

VEVO PIRIQUITO no Piado
ULYSSES PIRIQUITO no Fifico
PIRIQUITO SEGUNDO no Acordeôn
DÉIA PIRIQUITO na Gaita e Maracas
PIRIQUITÃO no Surdo

SONOPLASTIA E PROPAGANDA LTDA.

Uma produção Ôrlando Neves Fonogramas com o patrocínio da ASPIMPO - Associação do Piriquito dos Moradôres de Polêiro

CASA XISTO

“SUCESSOS”

DE MADAME ONEIDE

Com A Produção De Orione Xisto & Leila Aravena

CASA XISTO

"SUCESSOS"

DE MADAME ONEIDE

MADAME ONEIDE HORTA, vocal e piano; ANTÔNIO RODRIGUES e sua orquestra

Com A Produção De Orione Xisto & Leila Aravena

"Quero muito gravar com uma orquestra", a Oneide me falou num sábado de manhã, em sua casa, enquanto tomávamos café. "Meu primeiro álbum tem que ser mais do que bom!"

O maestro Antônio Rodrigues às vêzes dava o ar da graça ali no Aravena, mas só quando era levado por algum amigo. Sempre com aquele ar indiferente, altivo, quase nobre, parecendo julgar todo mundo que subia ao palco. Mas era visível seu contentamento quando a "Madame" Oneide sentava-se ao piano e começava a cantar. E, conhecendo-a melhor do que ninguém, sei que ela se esforçava um pouco mais quando o "magnífico arranjadôr da trilha da novela" entrava no recinto... Não que ela precisasse de qualquer esfôrço quando a questão era música. O resultado da admiração mútua, você ouve aqui.

O título "Sucessos" faz jus ao repertório escolhido a dedo. Das dôze canções gravadas, dez já eram conhecidas, algumas mais, outras menos, mas agora tôdas podem ser apreciadas com tôda a pompa e circunstância que se espera do grande maestro, que soube se adequar ao jazz, ao samba, ao mambo e ao que mais fosse necessário.

Apenas duas foram completas surpresas: "Canção para minhas irmãs" e "Quem vê, pensa...". A primeira, um chôro buliçoso com letra poderosa, até a mim surpreendeu, pois sei que Oneide não tem irmã nenhuma. A segunda, um samba dançante, foi escrita e executada com Dorinha, o que por si só já é um grande destaque, pois, após estranhamento e desavenças iniciais, temos a primeira parceria das maiores artistas desta década. Ou seja, duas novas músicas que estão destinadas ao sucesso.

Dito e feito, o long-playing é "mais do que bom!".

Gilda Flor (1954)

LADO A

1. Tal e qual (de Laurindo Bill)
2. Armação (de Oneide Horta)
3. Bem cedinho (de Dorinha)
4. Sem medo de errar (de Tôezinho)
5. Canção para minhas irmãs (de Oneide Horta)
6. Amor de sobra (de Leila Aravena e Oneide Horta)

LADO B

1. Afeto (de Oneide Horta e Tôezinho)
2. Dia nublado (de Gilda Flor)
3. Quem vê, pensa... (de Oneide Horta e Dorinha)
4. Amarelinha (de Rosemary Rosa)
5. Querubim (de Antônio Rodrigues)
6. Estrada longa (de Oneide Horta e Gilda Flor)

Produzido por Orione Xisto & Leila Aravena.
Participação especial de Dorinha nas faixas: "Bem cedinho" e "Quem vê, pensa..."

Aguardela, fevereiro de 1954.

OS
SETE
MARES

Começou com os irmãos Omar e Vilmar Costa, filhos da notável corista Guiomar Costa, que dêsde a mais tenra infância aproveitavam tôda oportunidade para arriscar algumas notas no estimado piano da mãe - sem que esta soubesse, claro. Não que houvesse o que ser feito, já que o imponente instrumento era o chamariz da sala do arejado imóvel na Rua Candelabros, agradável locação da área norte de Nanúvia. Os "ensaios" saíram da ilegalidade quando a matriarca chegou de súbito e ouviu da cozinha Omar (então com 13 anos), Vilmar (com 11) e o primo Waldemar (aos 14) ao piano e combinando vozes em uma versão desengonçada do "standard" "Piriquito da Saudade", de Vevo Piriquito.

A inicial preocupação de Guiomar com a idoneidade física do instrumento logo deu lugar à surpresa diante dos pontuais acertos harmônicos que sobressaíam na brincadeira, e o que poderia ter se virado em discussão tornou-se a bem-sucedida história do grupo vocal de rapazes que conquistou Aguardela. A sapiência da mãe/treinadora somada ao entusiasmo dos garotos logo fez o turbulento maremoto vocal convergir no balançar de um oceano caudaloso, que se tornou ainda mais amplo após a chegada dos também irmãos Itamar e Ademar e dos amigos Gilmar e Edmar.

Tens em mãos agora o primeiro registro dêstes Sete Mares que nos embalam em movimento ora nostálgico, ora jubiloso; ora calmo, ora vibrante; mas sempre envolvente.

Míriam Fiordes - *Revista Viva Nanúvia*

LADO A

Piriquito da Saudade *(V.Piriquito)*
Ontem *(Carolino)*
Quando Eu Virar Passarinho *(Dorinha)*
Casa Caiada *(B.Santiago/P.Glória)*

LADO B

Oi Moça *(Reginaldo)*
Primeiro a Acordar *(O.Costa/W.Costa)*
Pangaré *(O.Horta)*
Meu Buquê *(G.Costa)*

Canto - Omar Costa, Vilmar Costa, Waldemar Costa, Edmar Cid, Gilmar Eustáquio, Itamar Dias, Ademar Dias
Piano - Guiomar Costa
Violão e Arranjos - Carolino

Produzido por Guiomar Costa e Carolino
Gravado no Estúdio Enseada em fevereiro de 1956
Arte da capa de Maria Eustáquio
Financiado por Guiomar Costa

MADAME ONEIDE
CASA XISTO
1
TROVDADA

MADAME ONEIDE

Tôdas as músicas foram compostas por **MADAME ONEIDE**

LADO A

1. AQUI VOU EU
2. ILUSÃO PROVISÓRIA
3. MODA PASSAGEIRA
4. NINGUÉM SAI GANHANDO
5. QUEM DANÇA NÃO PERDE TEMPO

LADO B

1. CAFÉ PEQUENO
2. SOCORRO, SOCORRO!
3. RECADO DADO
4. AGORA JÁ FOI

FICHA TÉCNICA

Voz e Piano: MADAME ONEIDE
Violão e Guitarra: MARQUINHOS FORMIGA
Baixo: PACHECÃO
Bateria: GINO BENEDITO
Saxofone: GILDA FLOR
Diretor de Produção: ORIONE XISTO
Produção: RITA BRIAMONTE
Engenheira de Gravação: GILDA FLOR
Arte da Capa: FERNANDA XISTO

Gravado e produzido na Casa Xisto, Rua dos Andôres, 32, Centro, Aguardela.

Madame Oneide sabe aonde quer ir e, por isto mesmo, é e será sempre uma insatisfeita. Esta é uma de suas principais qualidades, pois significa que não se acomoda e não fica parada em nenhum aspecto de sua vida. Depois de oito anos de carreira, ela agora se reinventa completamente. "Trovoada" não se parece em nada com seus primeiros discos, "Sucessos" e "Músicas para a Juventude", arranjados e conduzidos pelo maestro Antônio Rodrigues.

A excepcional musicista, sempre franca e verdadeira, não esconde de ninguém a dificuldade e insatisfação que foi a gravação dos álbuns anteriores, principalmente o segundo, onde as divergências entre a compositora e o arranjador chegaram ao ponto de total ruptura.

Para a feitura deste disco – no qual ela juntou seu gênio aos talentos de Marquinhos Formiga, Gilda Flor, Pachecão e Gino Benedito – o nosso maior mérito foi o de deixar Madame Oneide completamente à vontade.

Sem recorrer à facilidade de gravar canções já conhecidas do grande público, ela se arriscou a preparar um repertório totalmente inédito e inventivo, executado magistralmente pela banda escolhida a dedo. A sensação ao se ouvir é de que o tempo todo parece que ela quer algo mais, que ainda não está contente o bastante... Às vêzes, parece que está eufórica, mas, logo depois, seu piano soa raivosamente...

Oneide obviamente quer sempre chegar mais longe, levando consigo todos ao seu entorno, inclusive você, que está ouvindo êste deleitoso e vibrante elepê. E essa eterna insatisfação é garantia de que novas surpresas nos aguardam no futuro próximo.

RITA BRIAMONTE

TROVOADA

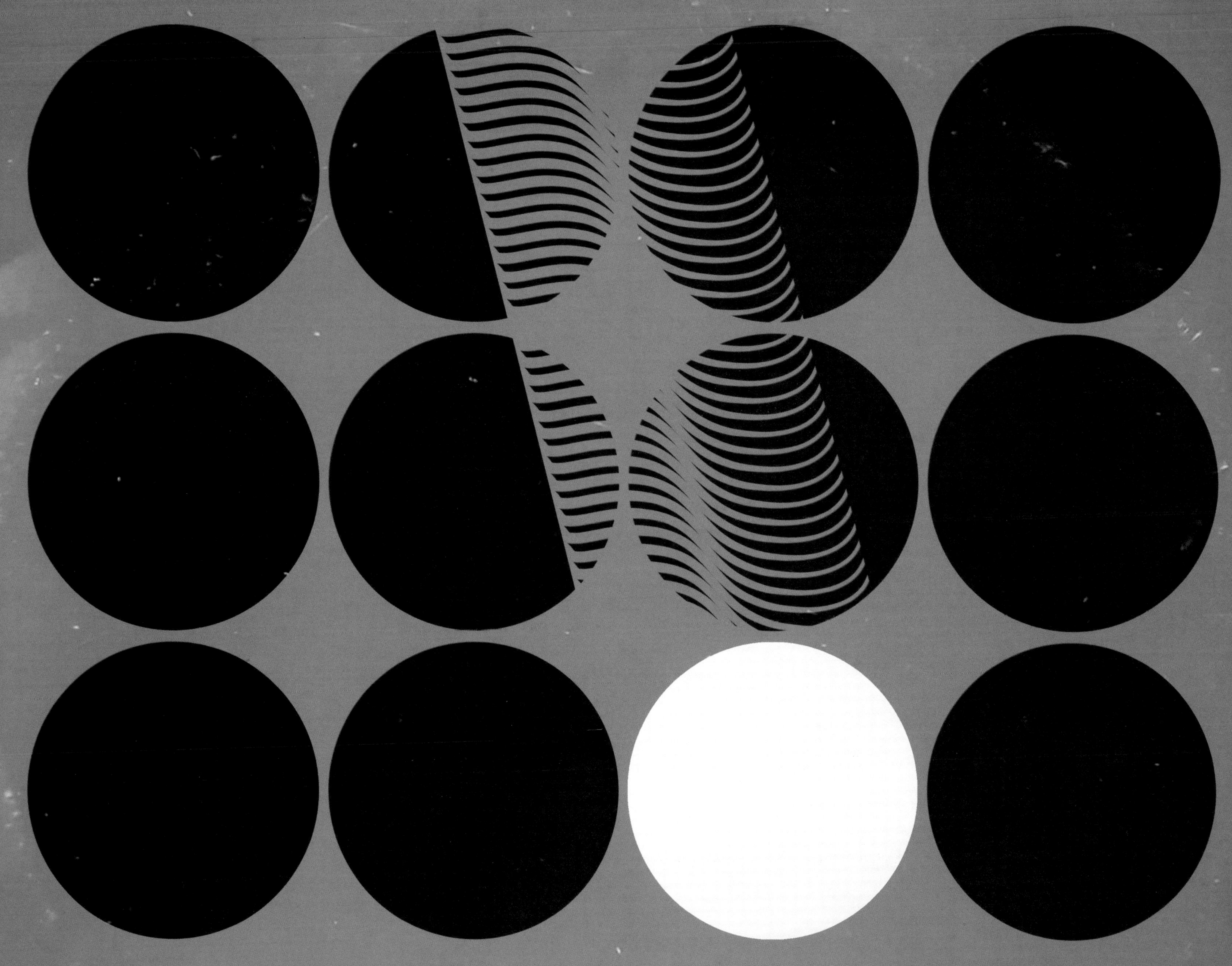

CAROLINO DE MARISMA

OTHELLO LUCAS
BEATRIZ LAFORTE
PEREIRINHA

XISTO

CAROLINO DE MARISMA

Carolino aos olhos é típico nanuviano: sapato brilhante, calça bricochê, suspensórios e chapéu-valinho. Estaria equivocado, o título deste elepê? Pois o insuspeito é, de fato, nascido em Pedra Mole, coração de Marisma.

Mudou-se para Nanúvia cedo, aos quatorze, para morar com uma tia na badalada região que o inspirava desde garoto com "sua malandra modernidade, seus panos cor-de-dúvida" (como canta em "Não tem volta", apaixonada homenagem ao lar adotivo) e de lá realmente não mais saiu. Mas, como atesta o lado oposto da embalagem, a morada antiga sobrevive no nome pelo qual é chamado desde sua chegada.

A relação para por aí, porém. No que indago sobre a total ausência neste trabalho das influências da poderosa música marísmica, com seus cantos e batidas quase sobrenaturais, Carolino responde sem rodeios: "não me interessam cantilenas regionais empoeiradas, faço canções pro futuro. Canto de um jeito que todo mundo em todo lugar me entende. Êsse é meu negócio".

E êsse "negócio", cá entre nós, ele faz muito bem. As faixas que seguem são um vigoroso aceno para a novidade, coisas que serão cantaroladas por rapazes de camisa estampada e môças de óculos na testa e vestido curto, em carros rápidos demais para que vejam a paisagem que envolve a estrada.

O repertório do lado A passa leve como brisa dominical: "Mercearia Sônia", "Gira, gira, girassol", "Escute seu amigo", "Lua alta"... todas composições inéditas, tocadas com esmero e destinadas ao sucesso radiofônico. Destaque para a divertida piada vocal que surge em "Gargarejo", cujo título dispensa explicações.

Ao virar o disco, as coisas mudam, e um sentimento macambúzio assume durante canções mais soturnas, onde um certo cinismo paira no ar. "Quem é você e por que está aqui? / Não vou segurar sua mão / Está só e por si", diz o sussurro que acompanha "Ronda".

Cabe ressaltar o irrepreensível instrumental, guiado pelo oboé do jovem Da Gema, da faixa "Pinga-pinga"; o ritmo inovador de Othello Lucas, que faz gargalhar o acordeão sincopado na valsa-xote acelerada "Vôo a três"; e a suavidade da viola de Carolino contrastando com o baixo de Beatriz Laforte, somada à percussão incisiva de Pereirinha no samba-jazz "1947", que encerra o disco.

Aqui, Carolino pavimenta sua estrada para o futuro. Êste acompanhará com gosto, enquanto espera ansioso um aceno para Marisma.

Celestino Conrado assina a coluna "O Arpejo Final" no semanário "O Aguardelão"

CAROLINO – violão, viola e violino
OTHELLO LUCAS – acordeão e piano
BEATRIZ LAFORTE – baixo e gaita
PEREIRINHA – bateria e percussão
DA GEMA – oboé na faixa "Pinga-pinga"

FICHA TÉCNICA
Concepção e arranjos: **CAROLINO**
Produção: **ORIONE XISTO**
Engenheira de gravação: **CORDÉLIA PRATES**
Arte da capa: **FERNANDA XISTO**
Ano de lançamento: **1958**

LADO A

1. Não tem volta (2:06)
Carolino e Dalmo Martins
2. Mercearia Sônia (3:38)
Carolino
3. Gargarejo (2:09)
Carolino
4. Gira, gira, girassol (1:57)
Carolino e Celinha
5. Escute seu amigo (2:13)
Carolino e Gilda Flor
6. Lua alta (1:42)
Autor desconhecido

LADO B

1. Ronda (2:40)
Carolino e Rubião Júnior
2. Vôo a três (2:07)
Carolino e Celinha
3. Todo seu amor (1:21)
Carolino
4. Pinga-pinga (2:25)
Carolino e Da Gema
5. 1947 (5:18)
Carolino e Beatriz Laforte

XISTO

Gravado e produzido na Casa Xisto - Rua dos Andôres, 32, Centro, Aguardela.

DORINHA

CINCO E CINCO

XISTO

De Dorinha, você sabe o que esperar!

Eu a conheci quando ela ainda era um diamante que precisava ser lapidado, mas agora não há maior vedete na cidade! E tão certa quanto a nôite após o dia, quanto a Virada de junho, quanto cinco e cinco são déz, é a certêza de mais um lançamento anual de Dorinha pela Xisto.

Assim como os anteriores Meu Queridinho (1955), Feliz Como o Luar (1956) e Estrada Para Um (1957), êste Cinco e Cinco traz nada a mais, nada a menos do que você quer: Dorinha fazêndo o que faz de melhor, sem muita "firúla". Às vêzes apenas com o ritmo da vassourinha do Pereirinha, outras com o improviso do Pachecão, nossa intenção foi destacar mais o talento da môça, que aqui está soltinha!

No repertório, "O marreco", "Pedindo carona" e "Azar no amor, azar no jogo", clássicos do nosso cancionêiro, se combinam perfeitamente com o clima de novíssimas composições, como "Pertencimento", "Preciso correr", "Festa bôa" (a primeira letra que escrevi, agora abrilhantada pela voz de rouxinol da intérprete) e "Côlcha de retalhos" (uma parceria das duas maiores artistas do nosso excelso selo).

É disco leve para se ouvir no descanso, sem preocupações, como um jantar à dôis com aquela amiga que todos conhecemos tão bem.

Até o ano que vêm!

Orione Xisto

LADO A

1. Pertencimento (de Dorinha)
2. Sal da terra (de Dorinha)
3. Colcha de retalhos (de Oneide Horta e Dorinha)
4. O marreco (de Glaucia Costa)
5. Reverso (de Dorinha)

LADO B

1. Preciso correr (de Dorinha)
2. Festa bôa (de Orione Xisto)
3. Pedindo carona (de Nico Rubro)
4. Azar no amor, azar no jogo (de Silvia Dias)
5. Vim para ficar (de Dorinha)

Uma produção ORIONE XISTO

DORINHA – voz e violão
PACHECÃO – baixo
PEREIRINHA – bateria e percussão

FICHA TÉCNICA
Arranjos: Dorinha
Produção: Orione Xisto
Engenheira de gravação: Gilda Flor
Foto da capa: Mercedes Rivas
Ano de lançamento: 1958

Gravado e produzido na Casa Xisto
Rua dos Andôres, 32, Centro, Aguardela.

oThello Lucas

Pés Quentinhos

Quando bate o inverno, nada como se trancar em casa com bôm prato de sôpa e relaxante "jazz" na victrola! O bem-agasalhado Othello Lucas desceu a serra de Campanha para te cobrir de bôas melodias com muito ritmo!

LADO A

1- Pés Quentinhos

I- Quinta de Chuva
II- Escadaria
III- Vapôr e Algodão
IV- Felpudo
V- De Dentro da Janela

LADO B

1- Esqueceste o Pente

2- Rasguidinho em Si para Ti

3- Tamborilando

Conjunto:

Othello: acordeão, piano, gaita e gaita-de-pente.
Jojô: baixo.
Taninha Lage: tambôr, triângulo, pandeiro e agê.

Produção e texto: Orione Xisto
Engenheira de som: Cordélia Prates
Capa e ilustrações: Fernanda Xisto

Gravado e produzido na Casa Xisto, Rua dos Andôres, 32, Centro, Aguardela

XISTO

STEREO

CANCIONEIRO DE DORA CONCEIÇÃO

MIL FLORES

NOSSA CASA

SÓ DIZ SIM

XOTE DO LALAU

1 2 3 PIRIQUITO

SOL AZUL

E MAIS

STEREO

CANCIONEIRO DE DORA CONCEIÇÃO

Existem dois tipos de artistas: os que encaram o ofício como qualquer outro trabalho, não se importando em atender aos desejos do patrão, e os que têm uma vontade artística tão potente que acabam transformando o mundo em vez de serem dobrados por ele.

Não é preciso conviver muito com Dora pra saber que ela está no segundo grupo: ainda que com doçura e elegância, ela só faz o que quer. E que sorte a nossa que seja assim, pois ela mostra pra todos ao redor que, assim como ela, nós podemos ser o que quisermos.

No dia em que a conheci, fui de dona de bar a produtora musical, simplesmente porque era o certo a se fazer. Se eu tinha um espaço que podia facilmente virar um palco, que sentido faria deixar uma artista daquele calibre tocando na praça? Assim, na noite seguinte, fizemos aquela que seria a primeira Noite no Aravena, e dali em diante nos tornamos parceiras, cúmplices e, gosto de pensar, amigas.

E é por isso que hoje me transformo mais uma vez. Vinha sendo por demais doloroso ver uma mulher tão gigante se submetendo às vontades tacanhas de quem cortava-lhe as asas, então agora lanço-me em mais uma carreira: dona de gravadora.

Com esse lançamento que muito me orgulha, a LAP abre suas portas, prometendo ser uma casa que respeita seus artistas e seu público para que juntos possamos fazer o que Aguardela mais ama, da melhor maneira possível.

Nesse disco trazemos Dora como deve ser: no controle de cada etapa de sua criação, das composições à capa. E fazendo nada além do que quer.

Leila Aravena, dezembro de 1959

LADO A

1 - Nossa Casa
4:21 (Dora Conceição)

2 - Escaldada
3:55 (Dora Conceição)

3 - 1 2 3 Piriquito
2:10 (Vevo Piriquito)

4 - Mil Flores
3:48 (Dora Conceição)

5 - Xote do Lalau
3:32 (Dora Conceição)

LADO B

1 - Só Diz Sim
4:15 (Dora Conceição)

2 - Leve, Leve
4:08 (Dora Conceição)

3 - Sol Azul
3:42 (Gilda Flor)

4 - Pele de Cordeiro
1:15 (Dora Conceição)

5 - Caburé
5:11 (Dora Conceição)

Voz, violão e percussão: Dora Conceição. Piano: Oneide Horta. Gaita, sanfona e clarinete: Othello Lucas. Baixo: Beatriz Laforte. Bateria: Gino Benedito. Produção: Dora Conceição. Engenharia de som: Cordélia Prates. Capa: Dora Conceição. Ilustração: Duart.

Gravado no Gaiola Estúdios.

Uma produção LAP - Leila Aravena Produções. 1959.

ANOS 1960

GRACINHA
XISTO
Ela é uma "graça"!
Orione Xisto apresenta:

A CASA XISTO nunca precisôu ir atrás de artistas de ôutras empresas.

Porquê nosso maior talênto... é criar talêntos.

Tenho o prazêr de lhês apresentar a maior voz de Aguardela: Gracinha!

Môça risonha que é só alegria, por onde passa faz tôdos se sentirem muito bêm. Canta a noite tôda sem sair do tôm e faz um violão muito bêm tocado.

"Tás" em búsca de bôa música para animar as festas e jantares modernos da década que vêm por aí? É batata! É Gracinha!

ORIONE XISTO

Lado A

1 - **Radiante** (Orione Xisto)
2 - **Você vai me ouvir?** (André Xisto)
3 - **Livrinho azul** (Maria Cláudia)
4 - **Prênda** (Orione Xisto)
5 - **Bolinho de milho** (Reginaldo)

Lado B

1 - **Nasce a magia** (Laurindo Bill)
2 - **Vida em casa** (Orione Xisto)
3 - **O baile de ôntem** (Orione Xisto)
4 - **Môça risonha** (Orione Xisto)
5 - **Na rede, na varanda** (Gláucia Costa)

PRODUÇÃO E GRAVAÇÃO DE ORIONE XISTO
Foto da capa de ORIONE XISTO

Gracinha - voz e violão
Pachecão - arranjos e baixo
Pereirinha - bateria e percussão

Gravado e produzido na Casa Xisto em janeiro de 1960
Rua dos Andôres, 32, Centro, Aguardela

ORIONE XISTO ORGULHOSAMENTE APRESENTA

SE A MÃE DEIXAR - XOTE DO DKW - GUARANÁ -
SUZANA E BERNARDO - FUSCA AZUL - SOL EU E VOCÊ -
ANCINHO E ENXADA - TE VEJO NA TV - CHICLETINHO

A música "póp" é um movimento contagiante nôs dias de hoje.

A banda BATIDA já vinha chamando a atenção de público e crítica dêsde o fim do âno passado, com o "single" "Posso te ligar?" chegando ao primêiro lugar das paradas da rádio Aguardelênse e com uma série de shôws lotados.

Em tantos ânos de trabalho, nunca vi um grupo fidegaliano tomar a diantêira com tamanha rapidez. Parece que tôdo mundo se interessa pelos novos sons vocais e instrumentais que os mêmbros da BATIDA introduzem na música.

Marcio Lunar (que havia apresentado a BATIDA a milhares de espectadores e ouvintes em seus programas "Noitada Musical" e "Sábado de Som") descreve o quartêto como o grupo visual e musicalmente mais empolgante que apareceu dêsde OS TROVÕES.

Durante a gravação de um programa na Rádio Monumental, convenci-me de que a BATIDA estava preparada para desfrutar da fâma que a colocaria, merecidamente, em primeiro lugar. O auditório de jovens não conhecia a relação dos artistas e dos conjuntos que iam apresentar-se, e quando Carlos Muriel começou a chamar a BATIDA pelos seus primeiros nomes: André... Marcelo... o resto de sua apresentação foi sufocado por frenéticos aplausos.

Nunca vi qualquer ôutro conjunto ser tão prontamente identificado e bem acolhido só pelo anunciar de dôis nomes. Para mim, esta foi a prova fundamental de que a BATIDA segue rumo ao estrelato.

Agora eles provam sua fôrça "póp" com este álbum de apêlo indubitável. O produtor Lírio Floriamor soube, sem dificuldade, selecionar e apurar as canções para este vibrante repertório.

Entre eles, os integrantes da BATIDA adotaram o lema "faça você mesmo". Eles fazem suas próprias letras e sêus próprios arranjos vocais. A música da banda é impetuosa, pungente, desinibida, quênte e exclusiva. A atitude "faça você mesmo" assegura completa originalidade das composições.

Êste LP cômpreende seis composições de Xisto-Lippy, uma melhor que a ôutra, associadas a uma música do baterista Marcelo Reinaldo e ôutros dôis clássicos da música aguardelênse: "Guaraná", de Adson Rodrigues, e "Ancinho e Enxada", da Sueli de Morais, que demônstram a admiração que os BATIDAS têm pelo "R&B", bem como sua capacidade de deixar qualquer canção com a "cara dêles".

Somando tudo isso, não tenho a mínima dúvida de quê, em breve, os verêmos na TV!

Esperamos que vocês "curtam" de montão esta nova BATIDA!

ORIONE XISTO

ANDRÉ XISTO (GUITARRA LÍDER)
MARCELO REINALDO (GUITARRA RÍTMICA)
ARNALDO LIPPI (BAIXO)
EDINHO MACIEL (BATERIA)

LADO 1

SE A MÃE DEIXAR
(Xisto-Lippi)
XOTE DO DKW
(Xisto-Lippi)
GUARANÁ
(Adson Rodrigues)
SUZANA E BERNARDO
(Xisto-Lippi)
FUSCA AZUL
(Reinaldo)

LADO 2

SOL EU E VOCÊ
(Xisto-Lippi)
ANCINHO E ENXADA
(Sueli)
TE VEJO NA TV
(Xisto-Lippi)
CHICLETINHO
(Xisto-Lippi)

LANÇAMENTO: MARÇO DE 1963

"TE VEJO NA TV"

BATIDA

Produtor: Lírio Floriamor
Diretor: Orine Xisto
Engenheiro de gravação: Maicon Xavier
Arte da capa: Marina Severina
Gravado e produzido na Casa Xisto
Rua dos Andôres, 32, Centro, Aguardela

AS CANÇÕES DE
GERALDINHO LEMOS

CASA DO
RITMO

Os artistas mais empolgantes da atualidade estão moldando uma revolução que dissolve todas as formas fixas e modos de expressão pré-estabelecidos. Portanto, não é surpresa que Geraldinho Lemos, já famoso como poeta e autor de livros infantojuvenis, se volte para a música como mais um foco para as suas energias criativas.

Me parece que a melhor maneira de apresentar este artista é começando por alguns fatos simples. Ele nasceu em Fidegália, em 1936. Ele é filho de Geraldo Lemos e Claudette Silvina Lemos. Ele escreveu três livros de poesia: "Casa Vã" (1958), "Aguardo Ela" (1959) e "Salva de Palmas para a Selva de Pedra" (1961). Seu primeiro romance destinado aos jovens leitores, "Pipoca Doce", foi publicado em 1961. Um ano depois, ele escreveu "Mistério nas Montanhas de Sal".

Com a publicação de "Viajante da Eternidade", seu terceiro romance, ele finalmente começou a atrair a atenção de um amplo público, para além da categorização "infantojuvenil".

Tom, o protagonista de "Pipoca Doce", constantemente indaga "Quem sou eu e qual é o meu objetivo?!" e recebe as mais diversas respostas de pessoas (reais e imaginárias), animais e objetos... Me parece que Geraldinho tenta constantemente achar essas respostas sobre ele mesmo em tudo que faz, e não poderia ser diferente neste seu primeiro álbum, que avança numa direção distintamente sua.

Com leveza, cadência e alto-astral, ele nos fala dos prazeres da vida propondo reflexões maduras. As letras apresentam justaposições de fala natural com metáfora formal. Esperança, amizade, saudade, amor e solidariedade são temas exaltados, mas sem nunca soar inocente demais ou irônico.

Ouçam com atenção, algumas respostas estão lá, assim como novas perguntas, sempre na tentativa de compreender melhor a si mesmo e aos outros. Olhando para dentro, ele contempla os seres humanos.

As canções de Geraldinho Lemos falam a todos nós.

– Bia Zabaglia

Lado A:

Calma Lá

Permissão para Voar

Pudim de Leite

Dia de Sol

Aos Meus Amigos

Lado B:

Prainha

Olhe para o Céu

Dançando com Ela

Isso e Aquilo

Quando Penso em Ti

VIOLÃO E VOZ: Geraldinho Lemos
BATERIA: Marisa Celeste
SOLOS DE TROMBONE: Sérgio Morais
SOLOS DE FLAUTA: Jefferson Maia Dias

PRODUÇÃO: Guiomar Costa
ENGENHEIRA DE GRAVAÇÃO: Graça Celeste
DIRETOR DE GRAVAÇÃO: Jayme Cortes
ESTÚDIO: Avarandado
Gravado em 9 e 10 de março de 1964

Produzido e distribuído pela CASA DO RITMO

FOTO DA CAPA: Helena Salvo

DISCO É CULTURA
TAMBÉM EM FITAS CASSETE

SELVAGENS
DA MADRUGADA
LAP
STEREO

SELVAGENS DA MADRUGADA

Os SELVAGENS DA MADRUGADA são mais do que um grupo – representam uma espécie de vivacidade. Uma maneira de viver que tomou conta da imaginação da juventude aguardelense e fez deles um dos conjuntos mais requisitados do momento. Isso porque eles realmente falam o que as pessoas precisam ouvir e tocam da maneira que elas gostariam de escutar. O que temos aqui é a combinação dessas quatro figuras explosivas, e isto já gerou dois sucessos estupendos ("Chutando Forte" e "Eu Prometo") e a "Vamos Nessa", que se manteve por quinze semanas nas paradas de sucesso. Durante os primeiros seis meses de carreira, os SELVAGENS não apenas apresentaram seus sucessos, mas obtiveram recordes de público durante suas excursões por todo o círculo de Aguardela. Eles surgiram como quatro inteligentes talentos novos e vêm apresentando uma sonoridade nova, que os conduzirá sempre vitoriosos para além dos domínios da música popular. Neste LP há onze excelentes exemplos do que afirmamos.

Paco Penha ao piano e Sarah Bueno com as maracas em "Espere Mais um Pouco"

Músicas compostas por Cris Fogo e Maitê Toledo
Arranjos pelos Selvagens da Madrugada
Produção de Leila Aravena e Marília Rosa

Gravado no GRAVOSOM
Lançamento do selo LAP - Leila Aravena Produções Musicais.

TAMBÉM EM CASSETE
DISCO É CULTURA

FABRICADO EM AGUARDELA

Os Selvagens dedicam esse trabalho ao Sr. Urine Xisto

quarto trio
fogo na seresta
CACO
STEREO

quarto trio fogo na seresta

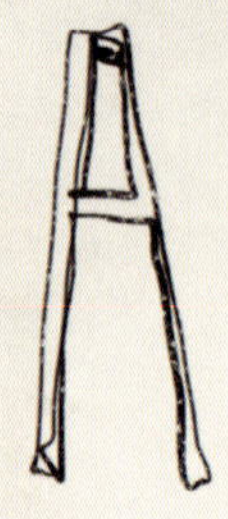

AMARELINHA – C. Sampaio
POR ONDE ANDAS – Othello Lucas
DESENCANTO – M. Oneide
ESPELHO MEU – Ale Calado/Rob Moura
FOGO NA SERESTA – M. Oneide

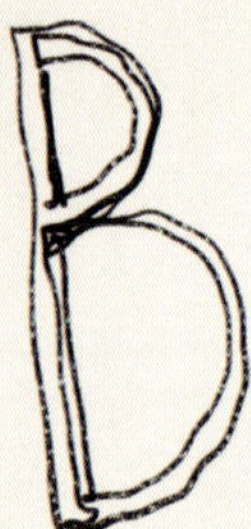

MENOS É MAIS – M. Oneide/C. Sampaio
QUE DÓ – Pachecão
MARIMBONDO – M. Oneide
TOME UM DRINQUE – Oneide/Sampaio/Pachecão
ONTEM – Marcia Sousa

QUARTO TRIO é entusiasmo, virtuosismo e muito ensaio!
No momento em que muitos trios existem, fazendo música de primeiríssima qualidade, o Quarto Trio apareceu com tanto equilíbrio vocal-instrumental que causou expectativa fora do comum, na espera deste, que é o seu **PRIMEIRO DISCO!** Não é para menos, estamos falando da reunião de três dos mais notáveis músicos dos últimos anos: **ONEIDE, PACHECÃO e SAMPAIO.**

ANTES DE SEREM O QUARTO TRIO:

Florêncio Pacheco (Pachecão), natural da Cidade Alta, estudou canto, mas, profissionalmente, começou como trombonista no conjunto "Ônibus 22", em 1957. De lá para cá, tornou-se um dos baixistas mais concorridos na praça.

Carlos Sampaio nasceu em Campanha, mas se diz "nanuviano". Começou no conjunto vocal "Os Moderninhos", em 1958, onde aprendeu tocar bateria. Depois passou por outros três trios conhecidos ("Trio Dançante", "Três é Ótimo", "Mila Trio") e viajou para vários lugares.

Madame Oneide não revela onde nasceu. Exímia pianista autodidata, começou sua carreira pontualmente em 1950 e vem cantando e tocando sem parar até os dias de hoje.

INFORMAÇÕES TÉCNICAS

Esta gravação foi feita em um gravador de fita Ampex, modelo 300, com microfones Telefunken, modelos MS 2 e M 251. Os acetatos-masters foram cortados em uma máquina Scully automática, com cabeça de gravação Grampian, sistema Feedback, alimentada por amplificadores de 200 watts, especialmente construídos.
O corte de acetatos foi feito nos Estúdios B. & C., em Paticerros, com a máxima velocidade de agulha compatível com o mínimo de distorção, obtendo, assim, o máximo em razão sinal-ruído conseguido até hoje.
Ainda que a faixa total das frequências de 16 ciclos a 25.000 ciclos por segundo encontrada neste disco esteja além da capacidade auditiva humana, uma inspeção em um microscópio evidenciará as incisões das altíssimas frequências dinâmicas.
Entretanto, é opinião do fabricante que se tais frequências forem omitidas do disco perde-se uma cálida tonalidade que é mais sentida do que ouvida. Por esta razão, e para obter a última palavra em nossos "estudos em som de alta fidelidade", fomos a estas extremas medidas eletrônicas.
Apesar de que qualquer fonógrafo de 33 1/3 RPM possa ser usado na reprodução deste disco, recomenda-se que se utilizem equipamentos de reprodução de extremo alcance de frequências e grande fidelidade para que esta gravação possa ser admirada e apreciada em toda a sua plenitude.

Limite das baixas frequências .... 16 c.p.s.
Limite das altas frequências .... 25.000 c.p.s.
Crossover .... 500 c.p.s.
Rolloff .... 13,75 dB em 10 Kc.
Curva de gravação .... R.I.A.A.

Produção: RITA BRIAMONTE / Engenheiro de gravação: ALEX PENHA / Estúdio: GRAVOSOM
Arte da capa: FRANKLIN GAUSS / UMA EMPREITADA C.A.C.O.

ORIONE XISTO CALOROSAMENTE APRESENTA
A TRILHA SONORA DO SUCESSO DOS CINEMAS
BATIDA EM:
BATIDA DE VERÃO
XISTO
STEREO
C.F.

BATIDA É:

ANDRÉ XISTO / MARCELO REINALDO / ARNALDO LIPPI / EDINHO MACIEL

BATIDA DE VERÃO

ESCRITO E DIRIGIDO POR
MARCELO REINALDO

MÚSICAS COMPOSTAS POR
XISTO-LIPPI

Dois anos atrás, os inquietos e geniais rapazes da Batida previram que logo os veríamos na TV, na penúltima faixa do primeiro disco da banda. Acontece que a carreira meteórica do conjunto mais amado dos últimos anos passou mesmo pelos televisores ("Abra a porta quando me ouvir bater", um seriado de grande sucesso; "Batida em casa", o programa de auditório comandado por eles; além de dezenas de aparições especiais), sempre registrando recordes de audiência.

Agora, no ápice da "batidamania", chega aos cinemas o longa-metragem "Batida de verão", um projeto capitaneado por Marcelo Reinaldo, que se revelou um diretor de plenas capacidades.

É a estória de quatro garotos que só querem aproveitar um gostoso fim de semana na praia, mas uma sucessiva cadeia de imprevistos atrapalha tudo.

As músicas compostas para o filme estão entre as melhores já criadas pela dupla Xisto-Lippi, um grande feito, considerando a apertada agenda a que foram submetidos. Cabe ressaltar que este álbum é integralmente composto e executado pela Batida.

O filme e sua trilha sonora retratam as diferentes facetas das personalidades de André, Marcelo, Arnaldo e Edinho, da maneira mais fiel possível. Se sobressai o conteúdo cômico, todos eles aproveitam para mostrar seu senso de humor.

Agora, com este LP, você terá uma série de grandes sucessos da Batida, ampla e atual, e a chance de reviver os momentos emocionantes e vibrantes proporcionados no escurinho do cinema.

– Lírio Floriamor

LADO 1

BATIDA DE VERÃO
MARÉ ALTA
CARRINHO DE SORVETE
AMOR E SOL
ESTIVAL
AREIA QUENTE
E AGORA?!

LADO 2

PARAQUEDAS LARANJA
DOUTORA, EU PERDI A CABEÇA
NÃO DIGA ISSO
UM DIA EU VOLTO
NOS BRAÇOS DA ALEGRIA
TÁ TUDO LEGAL

Ficha Técnica

Produtor: Lírio Floriamor
Diretor: Orione Xisto
Engenheiro de gravação: Maicon Xavier
Arte da capa: Cecê Fawcett
Lançamento: 1965

DISCO É CULTURA
TAMBÉM EM CASSETE

Gravado e produzido na Casa Xisto,
Rua dos Andôres, 32, Centro, Aguardela.
Fabricado e distribuído pela Fonorione -
Distribuidora Fonográfica Aguardelense LTDA.
Filme produzido pela APT - Aguardela Produções Televisivas LTDA.

Os discos stereo Xisto também podem ser tocados em moderno equipamento mono com excelentes resultados. Durando tanto quanto os discos mono. Além disso, reproduzirão som stereo perfeito quando tocados em equipamento stereo.

XISTO

LÍRIO FLORIAMOR TE DESEJA UMA FELIZ VIRADA

Se você é um visitante extraterrestre que por acaso resolveu passar as férias em Aguardela nesse meio de ano, seus problemas acabaram! Pois nas suas mãos está tudo que você precisa para aproveitar a Virada!

Mas a Virada não é no fim de ano?

Em outros lugares pode até ser, mas aqui o fim de ano é só uma festa qualquer. O que os aguardelões chamam de Virada é a passagem de 30 de junho para primeiro de julho.

Mas qual é o sentido de falar em Virada nessa data?

Em Aguardela, nós valorizamos o meio da experiência em vez do fim. Quando as coisas chegam na metade, é hora de fazer um balanço do que já passou e se transformar em algo diferente para viver a segunda parte, para assim criar o resultado mais rico possível!

Quem é o homem risonho da capa e o que é isso na cabeça dele?

Se Aguardela é conhecida como um lugar musical, agradeça a Lírio Floriamor! Seu gênio está por trás de praticamente todos os artistas (com raríssimas exceções) que fazem nossa música ser o que é. Este álbum reúne seus mais ilustres amigos e parceiros para uma celebração inesquecível!

O simpático chapeuzinho que ele tem na cabeça é um Mediador, símbolo máximo do feriado de Virada! Ele simboliza esse momento de reflexão entre as duas partes do todo. É quando estamos em suspenso entre as certezas e a simplicidade da primeira metade e os mistérios e a falta de controle da segunda. Quer entender melhor? Vou te dar um de presente!

Oh, quanta bondade do senhor Lírio! Como faço para receber?

Já recebeu! Este disco-ornamento se torna um lindo e exclusivo mediador com apenas alguns movimentos!

Uau! Vou fazer o meu agora mesmo!

UMA BOA VIRADA PARA TODOS!

LADO A
1. **Batida** - Na metade que vem
2. **Nivaldo César** - A ressaca
3. **Lurdinha** - Um jantar pra você
4. **Luluca e Jojô** - Viradinha em fá

LADO B
1. **Batida** - Refletindo
2. **Alice Cravo** - Um pé lá outro cá
3. **As Pontuais** - Passando a limpo
4. **Carolino** - Noites e noites

Curadoria e produção de Lírio Floriamor
Ideia de Orione Xisto

Arte de Fernanda Xisto

XISTO

HOTTO RORIZ
O LOBO

Sobre paredes e lobos

Quando me contaram eu não acreditei. Mas quem faria diferente? Um cara que derruba casas com sua música seria algo pertinente num romance da Alzira Torrão, mas, habitando a realidade, eu preciso de um pouco mais que um boato pra embarcar. Eis que me botaram em contato com Joacir Penha, proprietário do Caixa Forte, sobrado usado para gravações na Estrada do Pó Vermelho, um canto modesto de Paticerros. Melhor, ex-proprietário, já que o imóvel desabou durante os primeiros minutos de gravação realizados por Hotto Roriz, jovem talento no qual o técnico de som residente resolveu apostar e a quem Joacir cedeu duas horas de estúdio para uma demo.

Seria difícil supor que o homem alto e franzino, de poucas palavras, semblante doce e olhar baixo que se sentava curvado diante de mim escondia a força de uma escavadeira... se ele não tivesse apertado o play do gravador empoeirado. Dos pequenos falantes saíram algumas notas de piano e violão que logo foram soterradas pelo estrondoso lamento rouco de gerações de caroneiros, operários, retirantes, boias-frias e marginais urbanos, donos dos cantos escuros de terrenos vazios ou postos de gasolina, os senhores da penumbra que os jornais tentam esconder das famílias sorridentes das revistas a qualquer custo.

Depois do incidente na Estrada do Pó Vermelho, que deu a Hotto manquidão, uma enorme cicatriz na perna esquerda e por milagre não vitimou ninguém, ele ainda tentou terminar as gravações em outras duas locações que - acredite em mim, eu visitei esses lugares e conversei com dezenas de testemunhas oculares - também desabaram após alguns minutos de gravação, como se o roteiro da primeira história se repetisse quase à perfeição. Mas havia uma diferença: nessas ocasiões posteriores, o músico saiu ileso, como se o destino quisesse lhe dizer algo. E ele ouviu.

Hotto Roriz não vive mais em edifícios. Nossa conversa ocorreu no jardim do estradeiro Hotel Cesarini, nas bordas do lado paticerrano do Bosque dos Fados, onde Hotto monta sua barraca amarela todas as noites, com a anuência do dono, e pratica suas canções para os hóspedes e motoristas que param ali para um café ou uma fatia de broa. Tenho certeza que vive bem.

Mas você deve estar se perguntando como diabos esse homem conseguiu gravar um disco inteiro sem derrubar toda a região. Pois imagino que se lembre do técnico de som que apostou em Hotto e ficou desempregado quando o Caixa Forte deixou de ser. Esse é Lilo Lombada, um mago da produção, que conseguiu montar um estúdio ao ar livre capaz de conservar a aspereza do violão, o grave do bumbo e a monumental voz de Hotto Roriz, que surge aqui emoldurada pelo sopro do vento e o farfalhar das folhas, pelo canto dos pássaros e a vida dos passantes.

"O Lobo" é um trabalho único de homens únicos. Concebido livre de muros e paredes, como deve ser a Aguardela que sonhamos para o futuro. A trilha de um novo tempo está nas suas mãos.

Wandir Roldão - Revista Botas

Lado A

Guilhotina *(6:41)*
Pó que não lava *(3:50)*
Estrada, estrada *(4:10)*
A menina dos lápis de cor *(3:24)*

Lado B

Os dentes do criador *(8:05)*
Você sabe *(2:21)*
Só *(4:45)*
Olhando para o céu *(5:50)*

Composto e executado por Hotto Roriz;
Produzido e gravado por Lilo Lombada;
em liberdade total.
Fotografado por Telma Cesarini;
Abrigado e patrocinado por Makoto Cesarini.
Visite o Hotel Cesarini:
Via Paticerros - Fidegália, número 47

VANINHA

XISTO

LUZ DE BUATE
MÚSICA DE BUATE
RITMOS DE BUATE
VOZ DE VELUDO
VOZ DE MULHER
VOZ DE VANINHA
...PARA VOCÊ

AH! VANINHA...
– É UMA VOZ SENTADA AO COLO CANTANDO NO SEU OUVIDO –

LADO A

VÊM DEITAR COMIGO
(Orione Xisto)
AMOR DE SOBRA
(Laurindo Bill)
SE A MÃE DEIXAR
(Xisto-Lippi)
CALADA NA NÔITE
(Orione Xisto)

LADO B

QUÊ SUSTO!
(Orione Xisto)
MAQUIAGEM DESBOTADA
(Rubens Palomino)
PAIXÔNITE AGUDA
(Orione Xisto)
MEU ETERNO DELÊITE
(Orione Xisto)
PAÇOQUINHA
(Paulo Portofino)

Existem mulheres e mulheres. Existem talêntos e talêntos. Mas uma mulher com tôdo êsse talênto eu só conhêço uma: VANINHA! A primêira vez que eu a vi no palco foi amôr à primêira vista. Quanto ritmo, quanta voz, quanta malemolência, quanta belêza… A impressão que se tinha era que ela levitava, enquanto as pessôas na platéia perdiam o chão. Vaninha naturalmente já ocupa o espaço de melhor cantôra de Aguardela, e está só começando.

Nossa tarefa nêste primêiro álbum foi simplesmente capturar a essência dessa belíssima cantôra e, para isso, não poupamos esforços, tanto em têrmos de equipe quanto no quesito tecnologia. Ela está cercada pêlos principais nômes da nossa música atual, isso nós garantimos.

Agora, confiamos na inteligência e imaginação do ouvinte dêste disco, certos de que uma surprêsa muito agradável o espera.

ORIONE XISTO

Piano: *Dom Pascoal*
Violão: *Almir Assumpção*
Saxofone: *Bernardo Giácomo*
Baixo: *João "Sinuca" Pontes*
Percussão: *Pereirinha*

FICHA TÉCNICA

Arranjos: *Dom Pascoal*
Diretor de produção: *Orione Xisto*
Produção: *Marquinhos Rodrigues*
Engenheiro de gravação: *Ulisses Romão*
Foto da capa: *Abélio Loureiro*

Lançamento: 1966
Gravado e produzido na Casa Xisto, Rua dos Andôres, 32, Centro.
Fabricado e distribuído pela Fonorione - Distribuidora Fonográfica Aguardelense LTDA.
Os discos stereo Xisto também podem ser tocados em moderno equipamento mono com excelentes resultados.
Durando tanto quanto os discos mono. Além disso, reproduzirão som stereo perfeito quando tocados em equipamento stereo.

DISCO É CULTURA
TAMBÉM EM CASSETE

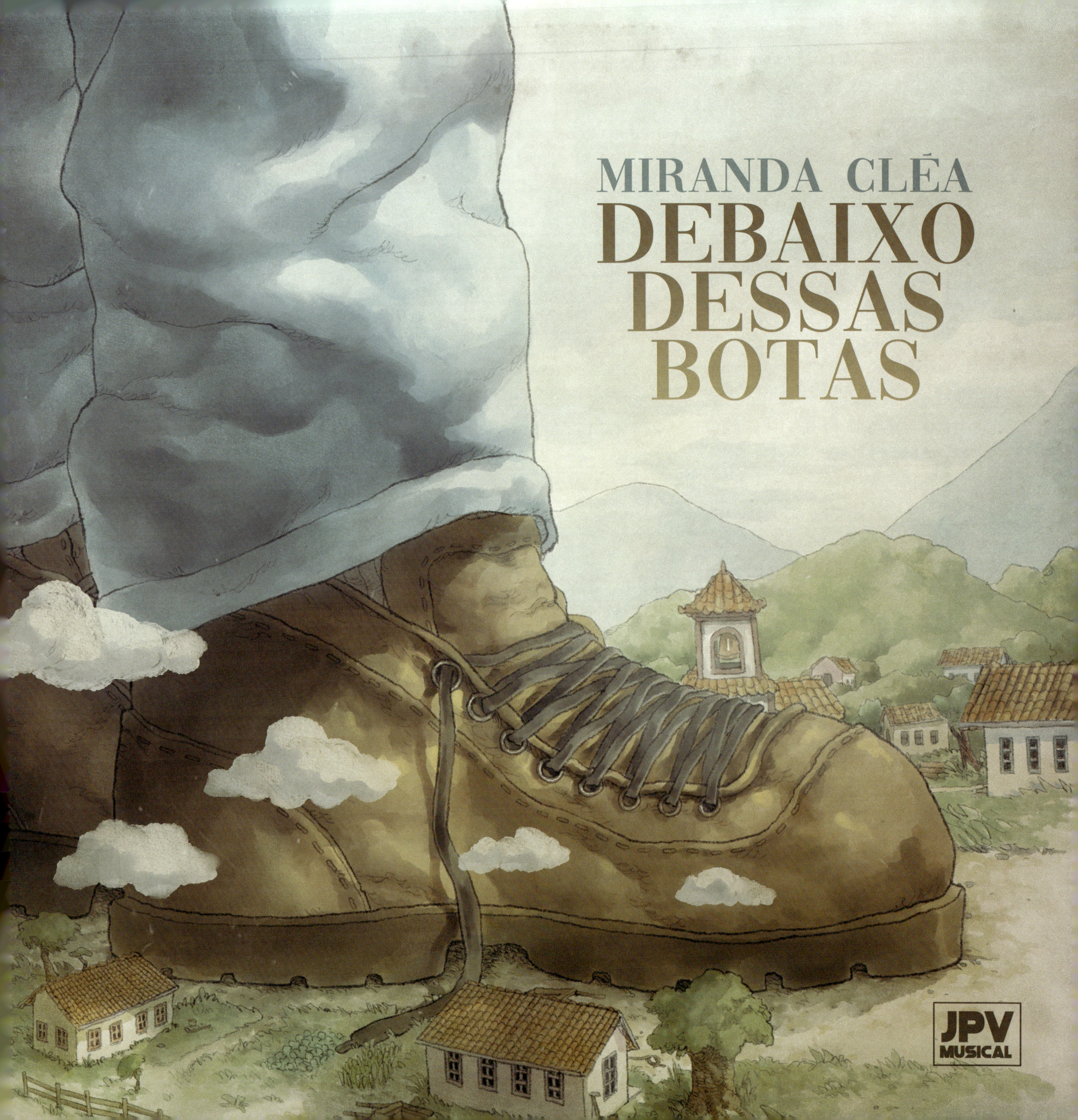
MIRANDA CLÉA
DEBAIXO
DESSAS
BOTAS
JPV
MUSICAL

DEBAIXO DESSAS BOTAS
TEM O QUE CHAMO DE LAR
GENTE QUENTE MÃO VAZIA
CHEIRO DE PODER NO AR

TODO MUNDO QUE AQUI CHEGA
TEM HISTÓRIA PRA CONTAR
SE A QUESTÃO FOR QUEM OUVIR
BOTA A BOTA, PODE ENTRAR

DEBAIXO DESSAS BOTAS
PASSA TUDO MENOS CHÃO
PASSA FÉ, PASSA ESTRADA
PASSA RIO, RIBEIRÃO

NO BALANÇO DESSAS ÁGUAS
UMA GENTE FUGIDIA
QUE LEVOU TANTA PAULADA
DE TANTAS OUTRAS PRADARIAS

DEBAIXO DESSAS BOTAS
TODO LUGAR VIRA UM SÓ
TODOS OLHOS SÃO PLATEIA
TODA FALA É UM DÓ

SE QUISER PISAR NO CHÃO
TIRA AS BOTAS POR FAVOR
PÕE SAPATO, VOLTE À VIDA
VÁ TENTAR O SEU VALOR

VÁ SABENDO QUE TEM GENTE
QUE SEMPRE VAI OLHAR POR TI
UM LUGAR TÃO DIFERENTE
PRA QUE TENTAR RESISTIR?

MIRANDA CLÉA
DEBAIXO DESSAS BOTAS

A riquíssima discografia de Aguardela abriga centenas de nomes dos mais diversos gêneros musicais. Mas até agora ninguém tinha se aventurado a gravar o hino que embalou amores e amizades, viagens e mudanças, chegadas e partidas desde que esse lugar tomou ciência de si mesmo.

Tão antiga quanto a própria Aguardela, ***Debaixo Dessas Botas*** é um manifesto, um estado de espírito, um tratado sobre o que é viver por essas bandas. E **Miranda Cléa** chega nesse primeiro álbum emprestando sua interpretação magistral e definitiva a essas tão queridas e doídas palavras, mas também traz versões para outros clássicos e canções originais tão brilhantes quanto. Pode ter certeza, você ainda vai ouvir esse nome muitas e muitas vezes.

LADO A

1. DEBAIXO DESSAS BOTAS
(Autoria desconhecida) - 10:01

2. NOSSA CASA
(Dora Conceição) - 3:22

3. MOCHILA SURRADA
(Miranda Cléa) - 2:20

4. AREIA QUENTE
(Xisto/Lippi) - 3:40

5. ATÉ ONDE VAI
(Miranda Cléa) - 2:33

LADO B

1. AQUI VOU EU
(Madame Oneide) - 2:47

2. ENVELOPES
(Agnaldo Cid) - 3:00

3. SE A MÃE DEIXAR
(Xisto/Lippi) - 2:15

4. CARTA ABERTA
(Miranda Cléa) - 3:45

5. DEBAIXO DESSAS BOTAS
(Instrumental) - 11:20

Miranda Cléa: voz
Bernardo Anjo: violão e guitarra
Orton Victorino: bateria
Thiago Lopes: baixo

Produção: Ricardo Pinto
Assistente: Rosana Luz

Rua Louredo Grocci, 71
Paticerros

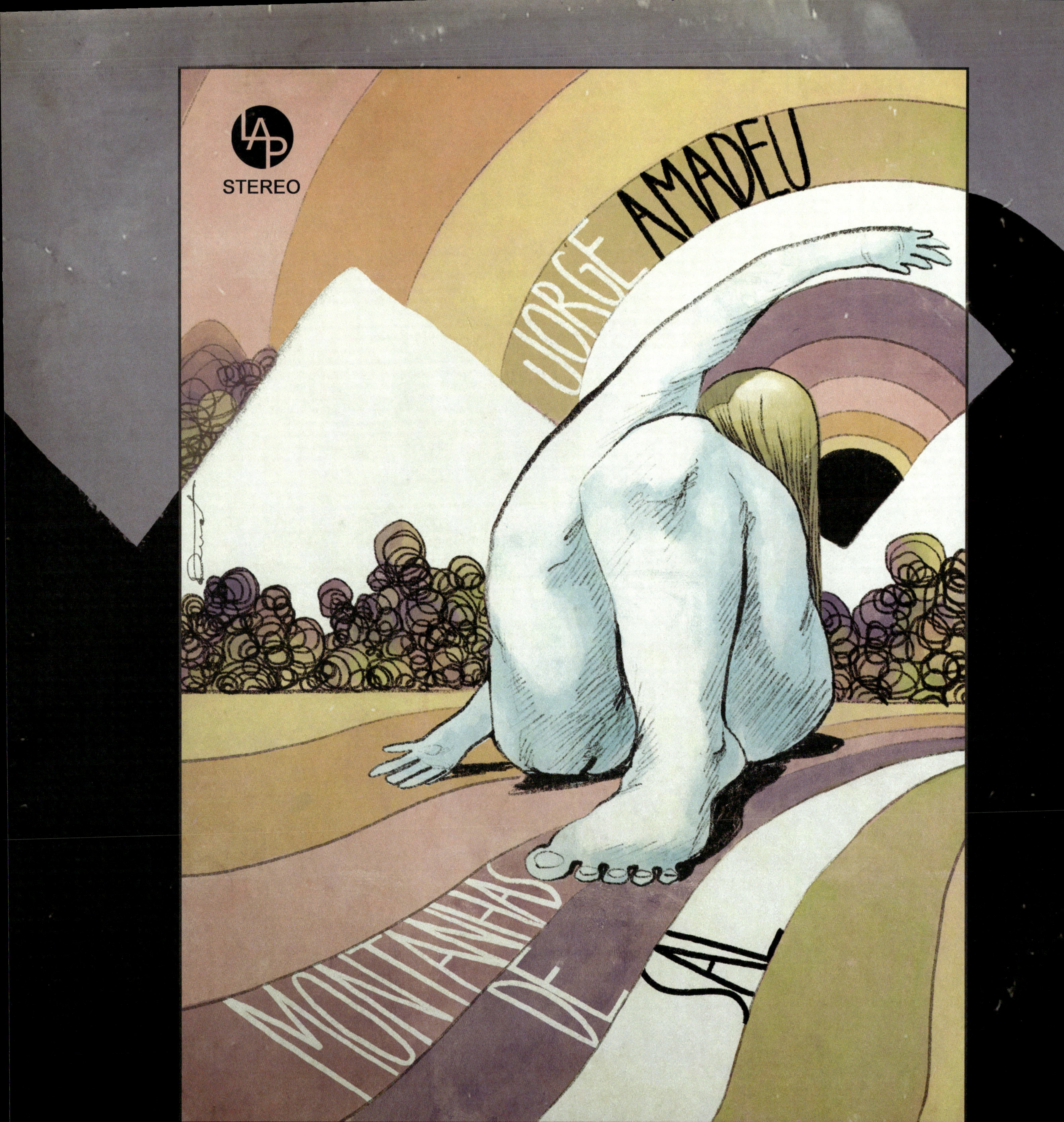
STEREO
JORGE AMADEU
MONTANHAS DE SAL

LADO A

1 - O GAROTO E O OCEANO
2 - LÁ DE CIMA NADA VEJO
3 - FLOR DE PEDRA
4 - MONTANHAS DE SAL

LADO B

1 - A MULHER SEM NOME
2 - O PALHAÇO NÃO SABE RIR DE SI MESMO
3 - FRONTEIRA INVISÍVEL
4 - FIO DA MEADA
5 - CALMA

Músicas de Jorge Amadeu
e Rosinha de Morais.

A história desse jovem, nascido no norte de Paticerros e criado aos pés das enigmáticas e inspiradoras Montanhas de Sal, se conta entre acordes e melodias. Sua vida é seu piano, e é curvado sobre ele que Jorge Amadeu fabrica sonhos impossíveis. Enquanto isso, o pensamento voa para mundos de cores, formas e conceitos surreais. É que a música o leva ao infinito, ao ponto eternamente sonhado... E em seu caminhar, ele mal tem tempo para ver ou sentir a vida acontecendo lá fora, sob as rédeas do relógio...

Este disco contém mais uma aventura de Jorge pelo caminho de colorido intenso do seu mundo impossível. É ele voando em suas teclas preto e branco rumo ao cume inexplorado...

JORGE AMADEU: piano
RICARDO MANUEL: vocal, bateria e harpa
LENO PALOMINO: bandolim, gaita e saxofone
PAULA PAZ: vocal, baixo, violino e trombone
JAIMINHO: violão e guitarra

PARTICIPAÇÃO ESPECIAL - JOANA SUZUKI: tuba e piano elétrico

Arranjos: JORGE AMADEU
Engenheira de som: GILDA FLOR
Capa e design: DUART
Produção: LEILA ARAVENA

Produtor fonográfico: LAP - Leila Aravena Produções Musicais.
Gravado em 8 canais no estúdio Avarandado, em outubro de 1966.

STEREO

CAROLINO
DE PESAR
batuque quente

CAROLINO
DE PESAR

"Nasci e cresci em Marisma, amadureci em Nanúvia e me encontrei aqui no Morro de Pesar. Felizmente, por onde passei, fiz grandes amigos e amigas, mas família mesmo só constituí aqui. Considero este disco o ápice da minha trajetória até o momento, pois ele é fruto do amor que se encontra no seio familiar e da espontaneidade e camaradagem dos laços fraternais. O clima é de festa e celebração, como são os finais de semana aqui na Rua Angenor Primeiro. Como não podia deixar de ser, dedico o álbum para minha filha Vivi, com todo o amor que há neste mundo."

LADO A

1. Malandragem tem nome (3:06)
Carolino e Celinha

2. Nascer do Sol (2:38)
Carolino e Dalmo Martins

3. Quem vem lá (3:01)
Carolino

4. Ninguém me vê chorando (2:47)
Carolino e Luluca

5. Não aceito fiado (4:03)
Carolino e Tetê

LADO B

1. Meu pesar (2:07)
Carolino

2. Pimenta rosa (2:43)
Carolino e Beatriz Laforte

3. Marcando touca (2:21)
Carolino

4. Nossa história (3:25)
Carolino e Vivi Vitral

5. Rua sem saída (2:02)
Carolino e Dalmo Martins

6. Casinha nova (3:13)
Carolino

CAROLINO - violão e viola / SEU FLORÊNCIO - cavaquinho / WALDOMIRO ALVES - trombone / MARIA TEREZA (TETÊ) - surdo e pandeiro / GUILHERME DANELUZ - cuíca e caixa de fósforo / GABI SANTANA - agogô e tamborim / SERGIÃO SOSSEGO - caxixi, ganzá e reco-reco / OTHELLO LUCAS (LULUCA) - piano / BEATRIZ LAFORTE - baixo / PEREIRINHA - bateria / VIVI VITRAL - voz e flauta na faixa "Nossa história"

Ficha Técnica: Arranjos e regência - CAROLINO / Produção e direção de estúdio - OTHELLO LUCAS / Engenheira de gravação - CORDÉLIA PRATES / Arte da capa - LÍGIA NEGREIROS

Gravação realizada nos dias 20 e 21 de setembro e 16 e 17 de outubro de 1966 nos estúdios BATUQUE QUENTE, do Morro de Pesar, em 12 canais.

batuque quente

EDISON SAMARITANO

A LINHA DO HORIZONTE

EDISON SAMARITANO, O POETA ERUDITO DAS RUAS DE NANÚVIA, CHEGA ATÉ VOCÊ EM SEU PRIMEIRO LP, ACOMPANHADO DA BANDA DOS SEUS SONHOS.

MERGULHE VOCÊ TAMBÉM NESSA JORNADA PELOS MARES DA ALMA E MENTE HUMANA E DESCUBRA, ENTRE VERSOS ENIGMÁTICOS E AMBIENTES SONOROS INESQUECÍVEIS, A SUA PRÓPRIA LINHA DO HORIZONTE.

SOBRE A GRAVAÇÃO DESSE ÁLBUM E A INUNDAÇÃO DO GRANDIOSO ESTÚDIO XISTOLÂNDIA, MUITO FOI FALADO. MAS MUITO POUCO OU QUASE NADA É VERDADEIRO. NÃO DÊ OUVIDOS À ESPECULAÇÕES E CANDONGAS: O ARTISTA É PRATA DA CASA XISTO, QUE AINDA CONTARÁ COM SEU TALENTO EM MUITAS OPORTUNIDADES FUTURAS. JÁ ASSUNTOS FAMILIARES NÃO SÃO DA CONTA DE NINGUÉM.

EDISON SAMARITANO: VOCAL E VIOLÃO
JOÃO POPOCA: GUITARRA E BAIXO
OTHELLO LUCAS: PIANO E TECLADOS
TÂNIA LAGE: BATERIA E PERCUSSÃO

ARTE: LUCI TÁVORA

XISTO

A

I. COBRANÇA
II. CORAGEM
III. MERGULHO
IV. ENCONTRO

B

I. A MINHA LINHA DO HORIZONTE ESTÁ MAIS LONGE QUE A SUA
II. NÃO ME DÊ PEIXES

STEREO
A BATIDA
O CALDO DE LETRINHAS PRIMORDIAL DA CHEF MELODIA
Pimenta

Geração Espontânea
(Xisto-Lippi)

Há quem diga que quatro mil
milhões de anos atrás,
de materiais sem vida, surgiram
seres vivos animados
Geração Espontânea
Geração Espontânea

Aristóteles, sobre a história dos
animais,
contou que seres vivos surgem e
sempre surgiram da matéria
inanimada
Eis o caldo prebiótico

Caldo prebiótico
Caldo prebiótico
Geração Espontânea
Geração Espontânea

Chegam cientistas com suas
dúvidas intermináveis e
refutações experimentais
Tudo muda, tudo bem
Pasteur aplica o golpe mortal para
a geração espontânea…
Geração espontânea?
Mas aqui estamos, sempre
refutando as refutações!
Cantando com os corações!
Aproveitando a sopa quente de
uma nova geração ardente

Geração Espontânea
Geração Espontânea
Geração Espontânea

Tesouro
(Xisto-Lippi)

Quando eu era menino passava
horas olhando pela janela
Gostava do céu, das nuvens, da
lua e da mata
Mas mágico mesmo era o dia de
chuva e sol
Quando surgia lá no horizonte um
colorido sem igual

Como era lindo o arco-íris
Como era lindo o arco-íris

Na cozinha, cheiro de café e bolo
No meu quarto, som no
toca-disco
Era tudo o que queria
Como era lindo o arco-íris
Como era lindo o arco-íris

Minha mãe me contou que no fim
daquelas cores um tesouro se
escondia
Nunca o procurei, pois ali eu
tinha tudo o que queria

Cadê Eles?
(Reinaldo)

Há quantas andas meu amigo
Eduardo?
Onde está meu amado Pedrinho?
Alguém sabe da Vivi?

Preciso deles para não sumir
Preciso deles para não perder a
cabeça

Nada pior que a sensação de
solidão
Nenhum eu vi partir
Você sabe da Alberta?
Quando foi que o Roberto saiu?
Será que a Carlota ainda volta?

Preciso deles para não sumir
Nenhum eu vi partir

Qualquer notícia me alivia
Qualquer boato me consola
Qualquer pista me coloca no
caminho

Cadê você?
Cadê você?

Enigma para Marta
(Xisto-Lippi-Reinaldo-Maciel)

Instrumental

Chef Melodia
(Xisto-Lippi)

Todo dia de manhã é banho,
arrumação, pão, café e condução
Tudo o que precisa é de uma faca
e seu violão
Passa a tarde no fogão e a noite
na gaiola

Ela é a Chef Melodia
Todo dia ela prepara pratos e
canções nas mesmas proporções
Quem prova agradece, quem
experimenta repete

Ela é a Chef Melodia
Não se sabe de onde veio, mas
todos sabem pra onde vai
Uma ave que foge pra gaiola
Onde canta até a primeira hora

Ela é a Chef Melodia

O Bosque
(Xisto-Lippi)

Onde não se pode ver
Um bosque muda de cor

Lilases roxos azuis neon
A água que se levanta
Em fila vem
Uma a um
Quando tudo mais para
O silvo que não existe
Vermelho vivo verde marrom
O corte que não estanca

Delicadamente
Erguido o que restou
Lamenta o que viu
Mas não acompanhou
Luz branca preto octarina
Nos braços para sempre
Do tempo que ficou
Em todo momento
Em cada relance

Onde não se pode ver
O bosque muda de cor

Fronteira Oirá
(Xisto-Lippi)

Ninguém sabe o que tem para lá
de Oirá
Todo mundo corre sem parar, mas
ninguém passa de lá

Sem eira nem beira, só se vê mar
Só se conhece o que se enxerga:
nada

Navegantes não ousam, corsários
não chegam…
O que tem lá, para lá de Oirá?

Com esta luneta, olhando para
fora, vejo meu verdadeiro eu
Olhando para dentro, só lembro
de você

Para lá de Oirá não sei, mas aqui
tem, tem, tem

FICHA TÉCNICA:

Produtor: Lírio Floriamor
Engenheiro de som: Maicon
Xavier
Arte da capa: George Pimenta
Lançamento: 1967
Gravado, produzido e distribuído
pela Folha de Outono.

DISCO É CULTURA
TAMBÉM EM CASSETE

Dona Elizete e seu quarteto

MUDANÇA DE TEMPO

DONA ELIZETE - piano, harpa e voz
MOACIR LEITE - saxofone e percussão
LIMA ALELUIA - baixo acústico
MESTRE SALVADOR - bateria e tambores
MATEUS SANTOS - trompete e trombone

LADO A

1. Maré alta (D. Elizete)
2. Ferro e fogo (D. Elizete e M. Salvador)
3. Novos temporais (M. Salvador)
4. Dança da cachoeira (D. Elizete e L. Aleluia)
5. Alma da lama (D. Elizete e M. Leite)

LADO B

1. Encruzilhada (D. Elizete)
2. Arco e flecha (M. Salvador e M. Santos)
3. Água doce (D. Elizete e J. Nonato)
4. Energia ancestral (L. Aleluia)

Arranjos: DONA ELIZETE E MESTRE SALVADOR
Produção fonográfica: RITA BRIAMONTE
Assistente de produção: JOÃO PICOLÉ
Engenheira de gravação: SIMONE SOARES
Estúdio: GRAVOSOM
Arte da capa: "O que ficou no godê" por LIMA ALELUIA

UMA EMPREITADA C.A.C.O.
- 1967 -

LAP
STEREO

Selvagens da Madrugada
- Pílulas da Farmácia Mística de Águas Douradas -
VAMOS TODOS CANTAR JUNTOS
SENHORAS E SENHORES, A VIAGEM COMEÇA AGORA
CÉU EFERVESCENTE
LEGAL SER DIFERENTE
ROMANCE ELÉTRICO
MEU MUNDO É UM DISCO
VAMOS TODOS CANTAR JUNTOS (BEM BAIXINHO)
ATÉ O NASCER DO SOL
MAITÊ TOLEDO: Vocal e teclado
CRIS FOGO: Guitarra, viola e cítara
NIVALDO CÉSAR: Baixo
VALDEMAR CASTOR: Bateria e percussão
Músicas compostas por Cris Fogo e Maitê Toledo
Arranjos pelos Selvagens da Madrugada
Produção de Leila Aravena
Gravado no GRAVOSOM
Lançamento do selo LAP - Leila Aravena Produções Musicais.
TAMBÉM EM CASSETE
DISCO É CULTURA
FABRICADO EM AGUARDELA
LAP
STEREO

QUEM É
ANDRÉ XISTO
XISTO

André Xisto sou eu. Fui membro de uma banda que mudou muita coisa, inclusive a mim mesmo.

Nos últimos anos conheci muitas pessoas que me mostraram como fazer música pode ser uma atividade bem mais profunda e verdadeira do que eu pensava. E fiz questão de trazer a mais importante delas para compor esse trabalho junto comigo.

"Edison Samaritano é o poeta mais visceral de Aguardela. Suas linhas mostram que tem algo de estranho e perturbador debaixo da aura ensolarada das tardes de Nanúvia, e uma vez que olhamos para esse abismo, não temos como não mergulhar nele como o próprio Edison faz todos os dias." Era algo mais ou menos assim que eu tinha escrito pro LP de estreia do Edison, que produzimos juntos. Mas minha inexperiência e ingenuidade (e um imenso, gigantesco azar) fizeram com que o lançamento não acontecesse como deveria e que eu fosse removido dos créditos - ainda que eu tenha certeza que, algum dia, "A linha do horizonte" estará em todas as listas de clássicos desses tempos.

Ainda não é o que Edison merece, mas aqui assinamos e tocamos juntos três parcerias nossas que estão entre as melhores coisas que já fiz, além de uma versão da minha favorita daquele álbum. Obrigado pela camaradagem e amizade, mestre.

Além disso, trago fragmentos dos dias que passei incógnito em Nanúvia, entendendo meu lugar nesse lugar, sendo transformado por ele e descobrindo que o ato de fazer música, mais que profundo e verdadeiro, pode ser divertido - principalmente com velhos amigos.

Bom, esse sou eu. Divirtam-se.

LADO A

1. ROTAVENDA
(Xisto/Samaritano)
2. SE TODOS SE CALASSEM
(Xisto/Samaritano)
3. O QUE A VELHA DA VENDA VENDE
(Xisto/Samaritano)
4. NÃO ME DÊ PEIXES
(Samaritano)

LADO B

1. CARTA AO PAI
(Xisto)
2. DOS MILAGRES DE CORTAR O CABELO E TIRAR OS ÓCULOS
(Xisto)
3. A NOITE QUE NÃO CHEGOU
(Xisto)
4. EM OUTRO TEMPO, NOUTRA DIMENSÃO
(Lippi/Reinaldo/Maciel/Xisto)

André Xisto - vocal, guitarra, piano, baixo e flauta doce
Edison Samaritano - vocal e percussão
Thereza Maciel - vocal e bateria

Convidados especiais:
Arnaldo Lippi - vocal e guitarra
Marcelo Reinaldo - vocal e bateria
Edinho Maciel - vocal e baixo

Produzido por André Xisto e Edison Samaritano. Gravado no Floresta Azul em maio de 1969.

A MÁQUINA SONORA
LAP
STEREO

LADO 1

1 - Meu pai não sabe assobiar
2 - Planeta dividido
3 - Som de peso
4 - Museu de cera
5 - Quarto andar

LADO 2

1 - Torta de miúdos
2 - Entrando no bosque
3 - Marcando touca
4 - Fique mais um pouco
5 - Sonho de João

Todas as músicas foram compostas pelos integrantes da Máquina Sonora e gravadas no estúdio Avarandado no primeiro fim de semana de junho de 1969, com produção de Leila Aravena – LAP.

Othello Lucas: teclado, acordeão e gaita
Jojô : baixo elétrico
Tânia Lage: percussão
Selina Mizuno: saxofone
Jaiminho: guitarra e cítara

Participação especial de Jorge Amadeu tocando piano na faixa "Planeta dividido"

Capa de Marcos Caraveli e FX

Confesso que estranhei o convite que recebi para rabiscar alguma coisa sobre este primeiro LP da MÁQUINA SONORA.

Depois compreendi que queriam a opinião do "homem comum", sempre mais sensível que erudito, capaz de dizer algo mais que "gostei" ou "não gostei", mas sem explicações metafísicas, psicanalíticas ou socioeconômicas.

Na realidade, este LP transcende o aspecto de "um ótimo disco de uma grande banda". Ele documenta uma nova dimensão da nossa música popular: o processo de improvisação e de composição de um dos maiores supergrupos aqui de Aguardela, integrantes que unem suas vivências distintas para gerar um novo sabor rítmico.

Se Othello, Jojô, Selina, Tânia e Jaiminho não dão tréguas à sua capacidade criativa, é fácil perceber em cada nota uma verdade tonal e o repúdio às coisas gratuitas impostas pela concessão. Seus instrumentos sobem o Morro de Pesar com a mesma naturalidade com que descem os blocos da Cidade Alta; ou atravessam o Bosque e escalam as Montanhas de Sal para levar a influência nanuviana... e se imaginarmos qualquer uma dessas misturas eventuais, sentiremos que não há conflitos, mas uma confraternização transbordante de autenticidade.

Quem faz música a sério, faz o que eles estão fazendo. Sem rótulos nem truques, seus arranjos projetam nossa música popular em bases sólidas, porque eles devolvem ao povo, em harmonias e ritmos mais vivos, toda a explosão do nosso instinto musical incontido.

Salvo melhor juízo (e aqui desafio minha própria modéstia), este trabalho não poderia ter melhor batismo, é uma verdadeira MÁQUINA SONORA.

HÉCTOR SOLANO

STEREO

SELVAGENS

NEM TUDO SÃO FLORES
ATÉ O CÉU ESCURECER
O SAPO
DOR E SOFRIMENTO

QUEM VAI TE AJUDAR?
É FOGO!
NÃO DESISTE, CARA
CHEGUE MAIS PERTO

A selvagem Maitê acordou tarde após uma madrugada animada, deu um trato na casa, vestiu sua jaqueta Delano, pegou o baixo Maca, entrou no seu Puma DKW e acelerou até a casa de Martinha, a grande amiga e nova baterista.

Elas chegaram rápido na garagem da Cris e, sem enrolação, começaram a compor energicamente um álbum inédito. O baque da saída de Nivaldo e Valdemar logo foi transformado em lenha para aquecer as novas músicas e acelerar o ritmo.

Após quatro discos de sucesso de público e crítica, essa nova formação da "Selvagens da Madrugada", agora batizada apenas como "Selvagens", mostra outra faceta das garotas por trás de tantos hits. Elas estão mais ferozes, ácidas e viscerais. Se despiram de qualquer "novelo" e soam mais cruas, verdadeiras. Ser um trio trouxe tudo para um estágio mais basal que, a meu ver, foi benéfico.

Minha participação se limitou a tentar capturar esse momento e essa força da maneira mais fiel possível, e acho que consegui. Tenho absoluta certeza de que estas músicas ganharão o coração e a mente dos ouvintes mundo afora, e algumas se tornarão hinos desta nossa geração. As letras estão entre as melhores já escritas nesta década e possuem um apelo indubitável.

Diferentemente dos discos anteriores, nenhuma destas músicas foi testada e apurada nos palcos. Aqui foi tudo no esquema direto e reto: composição, gravação e mixagem no espaço de uma semana.

Apesar disso tudo (ou por causa disso tudo), o disco foi sumariamente recusado pela antiga gravadora. Sinceramente, não me surpreendeu. Tem gente que parou no tempo, mas não Maitê e Cris, que estão sempre alguns passos à frente quando o assunto é arte. Sorte da Toque Discos, que recebeu a oportunidade de lançar o histórico quinto e último disco da Selvagens! - **Letícia Piccoli (LP)**

Maitê Toledo: Voz e baixo
Cris Fogo: Voz e guitarra
Martinha Castor: Bateria

Músicas compostas por Cris Fogo e Maitê Toledo
Produzido por Letícia Piccoli
Gravado no estúdio Garagem Quente

Toque Discos - 1969

A

A QUANTAS ANDA (Xisto-Lippi)

O 27 JÁ PASSOU (Xisto-Lippi)

NEIDE (Xisto-Lippi)

OLHANDO PRO CÉU (Reinaldo)

B

A PORTA DO ELEVADOR (Xisto-Lippi)

PIRILAMPO (Reinaldo)

COELHA LILI (Xisto-Lippi)

DE NANÚVIA A OIRÁ (Xisto-Lippi)

TEVE BOM (Xisto-Lippi)

Produzido por Marcelo Reinaldo, Edinho Maciel, Arnaldo Lippi & André Xisto

Gravado no Floresta Azul

ANOS 1970

os Desastres Ambulantes
DA

EDISON SAMARITANO

"Quando Dedeco botou a bolacha na minha mão, achei que fosse sacanagem. Um sujeito com história tão ▇▇▇ quanto a minha, morando na rua que nem eu, com um vozeirão do diabo e que seis anos antes fez um disco ▇▇▇ desses, eu só podia tar sonhando. 'A gente tem que conhecer o cara', ele insistiu e eu concordei, e partimos pra Paticerros na Neide, o kombão do Dedeco onde eu tava caindo na época. Encontrei o Hotto no mesmo endereço que ele deixou no verso do disco, um hotel sujinho na beira da estrada onde o dono deixava ele abrir a barraca toda noite. Eu gostei do cabra de primeira quando vi que ele não fazia ideia de quem era Dedeco, imagina só! Ali eu já falei que não arredava o pé enquanto a gente não fizesse um som junto. E foi isso."

HOTTO RORIZ

"Os visitantes chegaram fazendo uma quantidade de barulho alta até pra quem mora na beira da estrada. O mais corpulento tinha óculos e uma juba ruiva que Telminha acabou reconhecendo de longe, parecia ser famoso. Me apresentou ao outro, sujeito turrão sem muitos modos, mas que com cinco palavras trocadas eu soube que tinha a mesma Verdade que eu, antes até de saber das similaridades do nosso passado. Elogiaram meu disco, me deram o dele, coisa bem rara eles tinham ali. Ele me deu uns escritos, ligamos as coisas no quintal e se passaram as horas mais rápidas da minha existência. No final do dia, pensamos, se a gente não sabia um do outro até hoje, o que mais pode existir por aí? Se a gente destrói casas, por que não morar na estrada?"

ANDRÉ XISTO *"Eu só juntei esses caras e mal posso esperar pra ver onde vão chegar."*

LADO B

. ENTRE MORTOS E FERIDOS
. LAGO DE ESCOMBROS
. O PERIGO SOU EU
. SEXTA-FEIRA, 5 DA MANHÃ
. E AGORA

LADO C

. LAR DOCE NEIDE
. TODO DIA TODA HORA
. INFERNO SOBRE RODAS
. O SAL DA ESTRADA
. NO SEU QUINTAL

. Composto, cantado e tocado por Edison Samaritano e Hotto Roriz

. Gravado ao ar livre onde tivesse uma tomada próxima por Lilo Lombada

. Juntado e produzido por André Xisto

. Capa: Telma Cesarini

OS DESASTRES AMBULANTES SAÍRAM DE VIAGEM POR AGUARDELA

E QUANDO VOCÊ MENOS ESPERAR ESTARÃO NO SEU QUINTAL

MARCELO REINALDO

LADO A

TURBILHÃO
APRENDENDO A SER SÓ
FREQUÊNCIA CARDÍACA
A CIDADE DAS NUVENS
VOCÊ SABE QUE VAI GANHAR
ESPÍRITO DIVINO

LADO B

SONHO DE AMOR E MORTE
ROMANCE DE OUTONO
A ESPOSA
DESATE ESSE NÓ
ASSIM SEJA
FUSCA AZUL (INSTRUMENTAL)

Músicas compostas por Marcelo Reinaldo
Produtores: Lírio Floriamor e Marcelo Reinaldo
Engenheiro de gravação: Plínio Barros
Gravado e produzido na Casa Xisto
Lançamento: 1971

DISCO É CULTURA

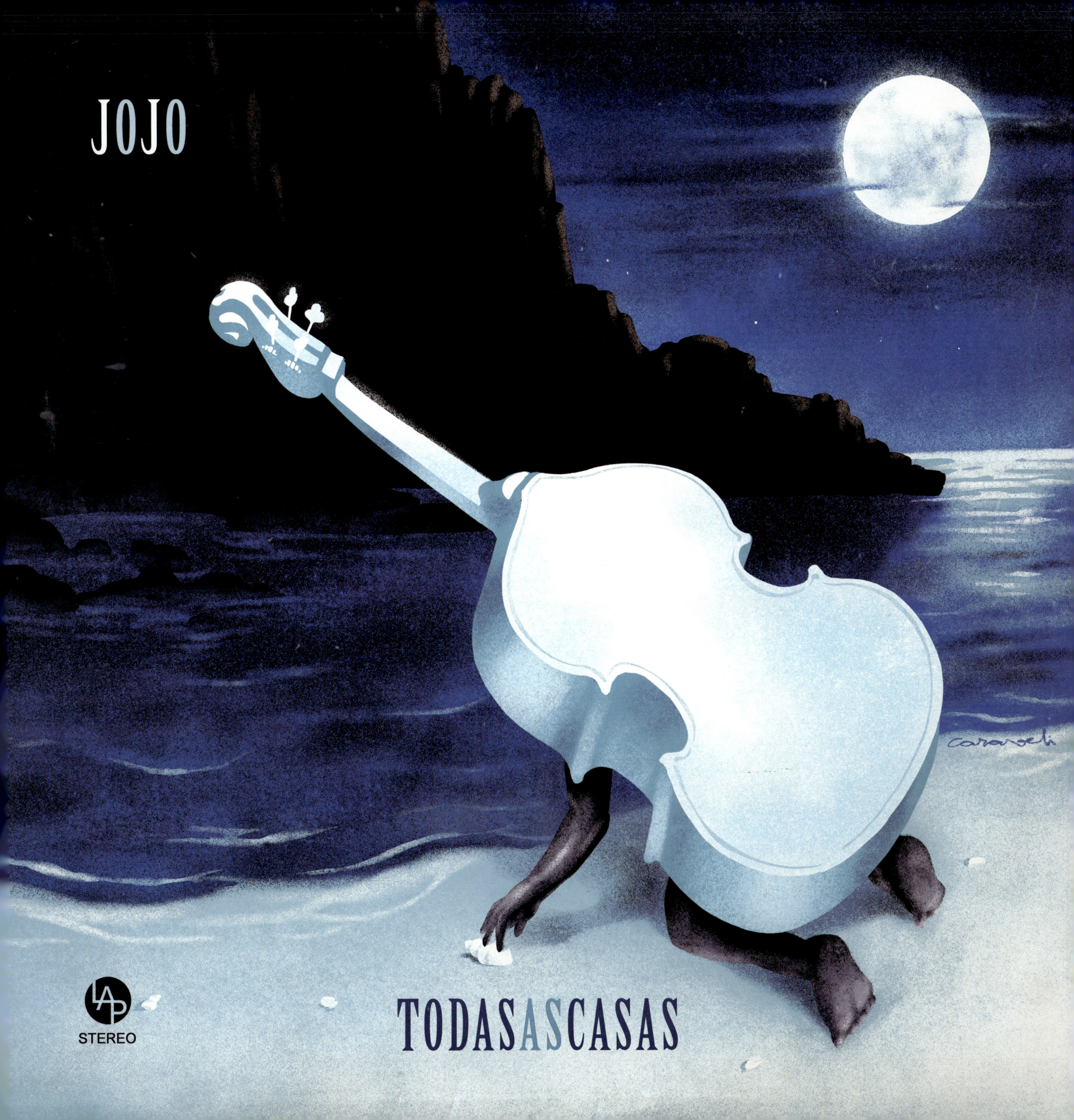
JOJO
TODASASCASAS
STEREO

JOJO
TODASASCASAS

Quando eu me empolgava nos improvisos, Luluca costumava me provocar dizendo "ainda não usou todas as casas, hein! Faltou uma ou outra ali", pro que eu prontamente respondia "eu paguei pelo contrabaixo todo, vou usar ele todo!". E é essa lógica que eu trago pra esse primeiro trabalho solo: aproveitar cada pedacinho desse companheiro de tantos anos que me deu uma carreira e um sentido de viver.

Gosto de mudar de casa. Quando fico muito tempo na mesma, começo a mudar os móveis de lugar pra trazer um frescor, algo de novo pro ambiente. Já morei em muitas casas, mas com certeza não em todas. Até agora.

Não fosse o tamanho amigável do contrabaixo elétrico, assim como sua divisão de casas que faz com que cada nota seja precisa, não sei se teria me aventurado no instrumento. Casas trazem conforto. Mas como anos depois iria aprender, elas não são pra sempre. E foi justamente enquanto pensava na inevitável busca pela próxima casa que conheci o trabalho do gigante Lima Aleluia e encontrei a resposta para essa questão, na forma do temido contrabaixo vertical e sua ausência de marcações.

Ter ao mesmo tempo todas as casas e nenhuma é mais liberdade de uma só vez do que tive ao longo da vida inteira. É desesperador, estimulante, terrível, educativo e, acima de tudo, imensamente divertido.

Pode ter certeza, Luluca: dessa vez eu usei cada uma delas (e nenhuma!).

Jojô
7 de março de 1972

LADO A

1. Campainha (0:51)
2. Sala de estar (5:40)
3. Sala de jantar (12:35)
4. *(primeira porta à direita)* (3:15)

LADO B

1. Cozinha (3:27)
2. Quarto (2:55)
3. Todas as casas (15:09)

Contrabaixo acústico - Jojô
Bateria - Sandra Donadoni
Percussão - Tânia Lage
Teclados - Sinval

Gravado no estúdio Pé No Chão entre 18 de dezembro de 71 e 4 de janeiro de 72 com produção de Leila Aravena - LAP

Arte de Marcos Caraveli

TRÊS TORRES

A MÃE CAVALO E OS FILHOS DO OCEANO

Filogisto

CAeTé

VOCÊ JÁ CONVERSOU COM O VENTO, OUVIU O LAMENTO DAS ÁGUAS, ANDOU, CORREU, MORREU.

A PRESENÇA TRANSFORMOU TUDO EM CAMADA ESPESSA DE SILÊNCIO. PLANETA DIVIDIDO EM SEIS, VIDA PARTIDA EM DOIS.

ELA ESTÁ ESPERANDO.

I. MÃE CAVALO
II. FILHOS DO OCEANO

JUSSARA ROCHA: GUITARRA, VIOLA CAIPIRA E MARACÁS
NINO JURUPARI: FLAUTA DOCE, FLAUTA TRANSVERSAL E FLAUTIM
JURANDIR IBERÊ: TAMBORES E BATERIA

ARTE: FILOGISTO
UMA "PRODUÇÃO" ONÍRICA VIA BETO ROBERTO.
1972

VIVI VITRAL

SE CRIA

Das surpresas da vida
Minha pilha me soterra
Mais uma vez, depois de tudo
A Rainha tá em xeque

Quem diria eu
Impecável perfume, nariz empinado
Coberta do almoço que tu devolveu

Daqui é bonito
Mas não é fácil
Nunca foi, nunca vai ser
Tamos de olho no que tu vai trazer

Se cria, moleque
Teu berço é de ouro
Mas vai com cuidado
Vitral não é vidraça pra levar pedrada

Ainda assim, relaxe
Cavaco, pandeiro ou lápis
Pegue o que te aprouver
Teu pai já escolheu
Teu vô nem se fala
Mas e você, qual vai ser?

Sincera, não quero saber
Cria, boto fé em você

Só não esquece
Esse mundo é teu lar
Na dúvida, olha pra cima
Sobre o trono desse morro
Te fiz pra voar

Se cria, moleque
Te fiz pra voar

LADO A

SE CRIA
QUATRO DA MANHÃ
TUDO DE NOVO
CLARABOIA

LADO B

NO RITMO DE NÓS DOIS
CADA ESTRELA UMA DÚVIDA
VIAGENS DA RAINHA
CONTE COMIGO

Vivi - caixa de fósforos, tamborim, ganzá e voz / Guiomar Xavier - viola de 10 cordas e violão / Frido Lira - cavaco / Da Gema - flauta transversal e voz
Oréstis Vitral - agogô, cuíca e voz / Cidinha Xavier - surdo

Todas as faixas compostas por Vivi Vitral. Desenhos de Vivi Vitral.
Produzido por Da Gema.
Gravado no Batuque Quente em agosto de 1973.

DelaSOM
DELINHO
DE OURO
74

A Dela NASCEU GIGANTE!

Com a missão de levar modernidade, informação e diversão para todo o nosso povo, a APT (Aguardela Produções Televisivas) nasceu em 1950 e desde então não parou de crescer, se firmando como um verdadeiro bastião da cultura aguardelã. Em 1969, a APT mudou de nome e tornou-se a DELA, consolidando também simbolicamente a importância da emissora para o crescimento da nossa tão querida comunidade.

Era simplesmente uma questão de tempo para que a empresa que diariamente leva para sua casa todos os dias os maiores artistas já surgidos nessas terras, seja na atuação, na escrita ou na música, celebrasse esses grandes homens e mulheres que fazem de Aguardela o que ela é. Assim nasceu o Delinho de Ouro, a premiação de gala que reúne os maiores destaques da comunicação, jornalismo, cultura e arte local.

Neste ano de 1974, o prêmio chega em sua terceira edição e, pela primeira vez, temos a versão em álbum musical dessa noite inesquecível, para que você reviva esses incríveis momentos para sempre.

BERTO RAGAZZO É ÂNCORA DO NOITE DE NOTÍCIAS

LADO A

VANINHA - SEM AÇÚCAR

FLÁVIA SANDOVAL - ONTEM NÃO SONHEI

WALMIR - CADEIRA DE BALANÇO

GUILHERME ROTÍLIO - AMOR NA ESQUINA

OS SÉRIOS - DEBAIXO DESSAS BOTAS

LADO B

LALÁ VASCONCELLOS - LEMBRANÇAS

DORA - CORRENDO PERIGO

GERALDINHO LEMOS - JÁ É O BASTANTE

MARCELO REINALDO E A MÁQUINA SONORA - VOCÊ SABE QUE VAI GANHAR

APRESENTAÇÃO
CARLINHOS SANTIAGO

DIREÇÃO ARTÍSTICA
LÍRIO FLORIAMOR

DIREÇÃO EXECUTIVA
ROSANA MARCETTO

GRAVADO NO TEATRO NOVIDADE EM 7 DE ABRIL DE 1974

LAP
STEREO
da gema

Como de costume, serei muito sincera neste texto. O disco que você tem em mãos é o registro da musicalidade daquele que representa o que há de melhor no Morro de Pesar, então, consequentemente, o que há de melhor na nossa música em geral, pois nada supera o que fazemos aqui, basta ver a influência que nossos compositores e nossas compositoras têm em todo o cenário aguardelense.

O Da Gema vive para fazer música. Ele respira isso há décadas, vinte e quatro horas por dia: já colaborou com os principais nomes do cenário, compôs canções memoráveis e amplamente regravadas, ensina e inspira jovens musicistas na escola que mantém aqui no nosso bairro... Nos finais de semana, para descansar, ele participa das rodas de samba. Tamborila até quando está dormindo. É inquieto que só e ama de paixão tudo que envolve ritmo, mas o seu grande amor é a vida.

É importante registrar que este álbum representa, acima de tudo, pazes. Durante muitos anos, Da Gema ficou ressentido por não ter o devido crédito na capa do "Carolino de Marisma", no qual tocou oboé de maneira brilhante e revolucionária, praticamente inaugurando o subgênero samba maciota. O desentendimento piorou quando meu pai decidiu se mudar do Morro de Pesar e voltou pra Marisma, deixando por aqui minha mãe e eu. Para quem não sabe, eu considero o Da Gema meu segundo pai, que foi quem me criou e segue sendo meu porto seguro.

Por isso tudo, ouvir "Naquele botequim" é tão especial. Ela foi escrita há poucos meses, quando os dois voltaram a se falar e a amizade, que nunca deveria ter terminado, se refez. - **VIVI VITRAL**

DA GEMA – arranjos, voz e oboé
VIVI VITRAL – voz
ALMA APARECIDA – piano
DOCA RAMALHO – baixo acústico
EVERTON ALVES – bateria
WALDOMIRO ALVES – trombone
SEU FLORÊNCIO – cavaquinho
MARIA TEREZA (TETÊ) – pandeiro
GUILHERME DANELUZ – cuíca

Participação especial de **CAROLINO** na faixa "Naquele botequim".

Engenheiro de gravação: **Quique Barreiro**
Pintura da capa: **Lampadinha**
Produção: **Leila Aravena**
Lançamento: **1975**

LADO A

Da panela para o fogo
(Da Gema e Vivi Vitral)
Fulo da vida
(Dalmo Martins)
Elevador social
(Da Gema e Vivi Vitral)
Trem pro centro
(Vivi Vitral)
Caixa de ovos
(Da Gema e Guilherme Daneluz)
Naquele botequim
(Da Gema e Carolino)

LADO B

Fala na lata
(Da Gema e Vivi Vitral)
Clima de festa
(Da Gema)
Conselho da vó
(Dona Elizete)
Não saio do morro
(Da Gema e Vivi Vitral)
Vista pra Campanha
(Seu Florêncio)

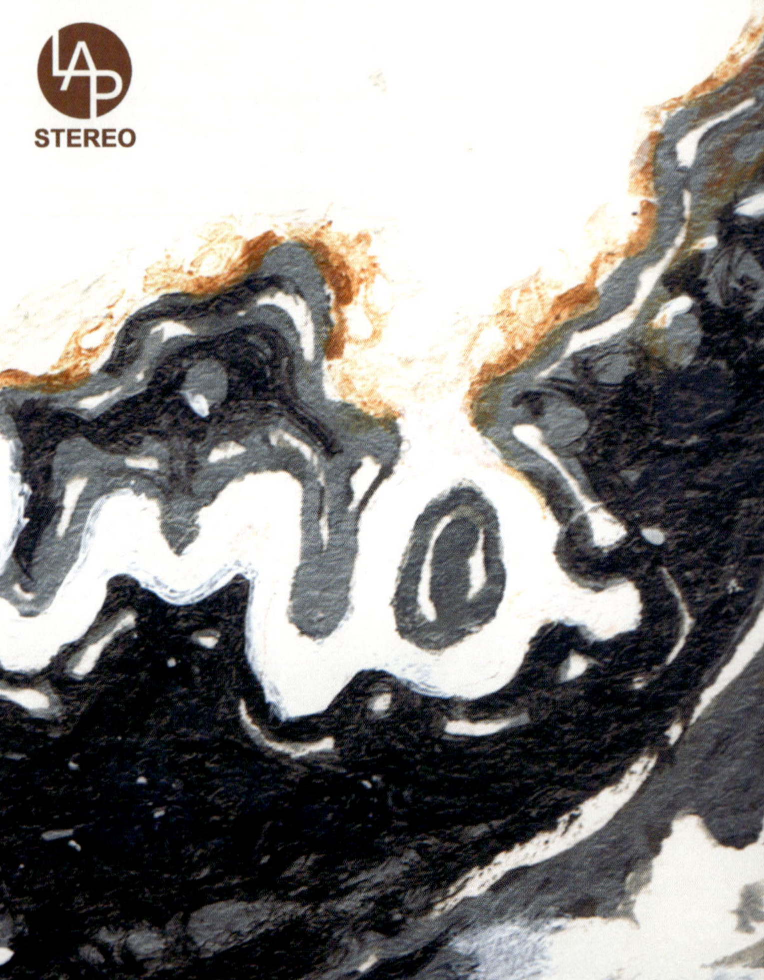

A
GAIOLA
DO
STEREO

NOITE QUENTE NO BALANÇO DA GAIOLA

LADO A

Gigantes Invadindo seu Planeta 10:10 (G. Bello)
Festa da Pesada 2:45 (G. Bello e A. Assumpção)
Funkitute 3:44 (E. Calmim e G. Bello)
Gente Contente 3:29 (G. Bello, E. Calmim e M. Clinton)

LADO B

Senhorita Veneno 3:53 (A. Assumpção)
Com Muito Ritmo 2:35 (G. Bello e M. Clinton)
Maior Viagem 9:29 (G. Bello, J. Sá e A. Assumpção)

GEORGE BELLO teclado, gaita e voz
ALICE ASSUMPÇÃO baixo e voz
EVANDRO CALMIM guitarra, saxofone e voz
MARLON CLINTON guitarra e voz
JOANA SÁ bateria e voz

Produzido e concebido por George Bello
Direção executiva: Leila Aravena
Engenheira de som: Alice Assumpção
Estúdio Avarandado . 1976

STEREO

"Dedicamos esta nave em forma de disco à inexorável Leila Aravena, a mãe metamorfoseante de novos tempos, sempre de olho no melhor para todos ao seu entorno. Dona de bar, produtora, fundadora e presidente da LAP, proprietária da Gaiola, o ponto mais quente em termos de bailes da pesada, e amiga do peito. Foi ela que abriu passagem para os gigantes pousarem na Praça do Louro e começarem a invasão rítmica!"

– George Bello e família

DelaSOM
Vera Circe
Uma tarde na Cidade alta

Vera Circe

Uma tarde na Cidade Alta

Sou uma criatura da cidade. Gosto de sair depois da chuva, ver o sol refletindo nas poças da rua molhada, ouvir o canto dos pássaros no meio do barulho dos carros, olhar para as janelas vazias e imaginar o que tem dentro de cada uma delas. Mas, acima de tudo, me fascina a história de cada pessoa que faz das avenidas da Cidade Alta um espetáculo colorido de drama, comédia, leveza, dor e, naturalmente, vida.

LADO A

1. O ESPAGUETE DO BARRIL
Para além da massa al dente picante e deliciosa, o ambiente de convés de navio é a cereja do bolo do meu restaurante favorito

2. AS FLORES DA DONA OLÍVIA
Sempre que saio de casa, me deparo com a explosão de cores e formas que Dona Olívia seleciona para enfeitar a calçada

3. A BANDA DA ESQUINA SETE
Os simpáticos e corpulentos senhores que fazem o animado samba-jazz que dá o tom do Largo da Fermata

4. PEQUENA CARLA
Fica todos os dias sentadinha na porta da lavanderia do pai, observando tudo ao redor em seu uniforme da escola Primeira Cantiga

LADO B

1. FEIRA DOS GATOS
Discos antigos, peças usadas, pequenos animais, pastel e caldo de cana: a feira dos gatos é um mundo em si

2. VASSOUREIRO
Ele passa todos os dias na Avenida Paradeiro, anunciando seu ofício em voz alta e parando para atender os clientes onde estiverem

3. NO TÁXI DO FRANCISCO
Uma tarde chuvosa cheia de imprevistos na corrida mais peculiar que já se viu por essas ruas

4. CHAPÉU VAZIO
Se é tão lindo o som da harpa do senhor magrinho barbudo da Praça Oneide, por que não há uma moeda sequer para ele?

5. PÔR DO SOL NO TERRAÇO DA APT
Quando cessa o barulho da vida, vem a noite da cidade com sua beleza melancólica. O amanhã trará novas histórias

Vera Circe - voz, violão e piano . Arnaldo Lippi - baixo e segunda voz . Lúcia Renna - percussão

Produção e arranjos de Arnaldo Lippi
Capa por Vera Circe

JACALETRO
"Tá na hora do balanço!"
DISTRIBUÍDO GRATUITAMENTE NO 3º JACADIA ELÉTRICO
- VENDA PROIBIDA -
JR.
MEGAMIX
3!

Pensou em música, pensou em JACALETRO!

Seja para adquirir os discos mais quentes do momento ou o aparelho que vai rodar a trilha sonora da sua vida, nossas lojas são o seu lugar! Está longe de uma das nossas 12 lojas em Aguardela? Sintonize a JACALETRO FM e receba o melhor da música aguardelã na sua casa!

Para essa terceira edição do MEGAMIX, nosso craque do som SERGINHO CARLOS selecionou o último sucesso de VANINHA que está fervendo as pistas de dança, o balanço contagiante da FAMÍLIA GIGANTES DO SOM, o romantismo de ALÍPIO DAVI e muito mais!

SOOOOLTA O PLAY, SERGINHO!!!

LADO A

VANINHA - O SALÃO É NOSSO
FAMÍLIA GIGANTES DO SOM - EMBARCA NESSA
ALÍPIO DAVI - SE EU VOLTASSE ÀQUELA NOITE
MEDALHISTAS - QUEIMANDO PNEU
MARICOTA - DONDOCA

LADO B

VERA CIRCE - GUARDA-CHUVA VERDE
MARCELO REINALDO - DEUSA
SAMIRA JONAS - NÃO USO SALTO
ED FOGAÇA - HOMEM DE QUARTA-FEIRA
MEIA DE LUREX - NOSSA HORA

SINDICATO DOS CONSTRUTORES DO RUÍDO

ESSE JÁ FOI UM LUGAR DE SONHOS. NOSSOS PAIS VIVI[illegible] DE FAZER PIQUENIQUE, ASSISTIR SHOWS E VIAJAR PRA MARISMA NO FIM DE SEMANA. A AGUARDELA QUE CONHECÍAMOS VIROU "VELHA AGUARDELA". SE AQUELA É A VELHA, QUAL É A NOVA? JORNADAS DE TRABALHO DE 12 HORAS PARA CONSTRUIR A USINA DA CIDADE ALTA? PASSAR A VIDA EM BOLEIAS DE CAMINHÃO CRUZANDO AS ESTRADAS DE PATICERROS? CONTA OUTRA.

TEMPOS ATRÁS, DISSERAM QUE A GENTE SABIA QUE IA GANHAR. CANSAMOS DE ESPERAR.

LADO A

1. FORA DO EXPEDIENTE
2. TRUCO
3. O FIM DO MUNDO
4. JOGANDO O JOGO
5. NA MINHA MÃO

LADO B

1. CARANGO
2. SÓ TENHO CAMISA PRETA
3. MOQUECA DE PATRÃO
4. FURADEIRA
5. CACHORRÃO ORGULHO DO SINDICATO

SÉRGIO CALADO - GUITARRA E VOCAL
GUILHERMINO "MINO" FARIAS - BAIXO
CACHORRÃO - BATERIA E VOCAL

COMPOSTO POR SÉRGIO CALADO, MINO FARIAS E CACHORRÃO
PRODUÇÃO DE ARNALDO LIPPI

GRAVADO NO ESTÚDIO FLORESTA AZUL

os desastres ambulantes
essa é fidgália

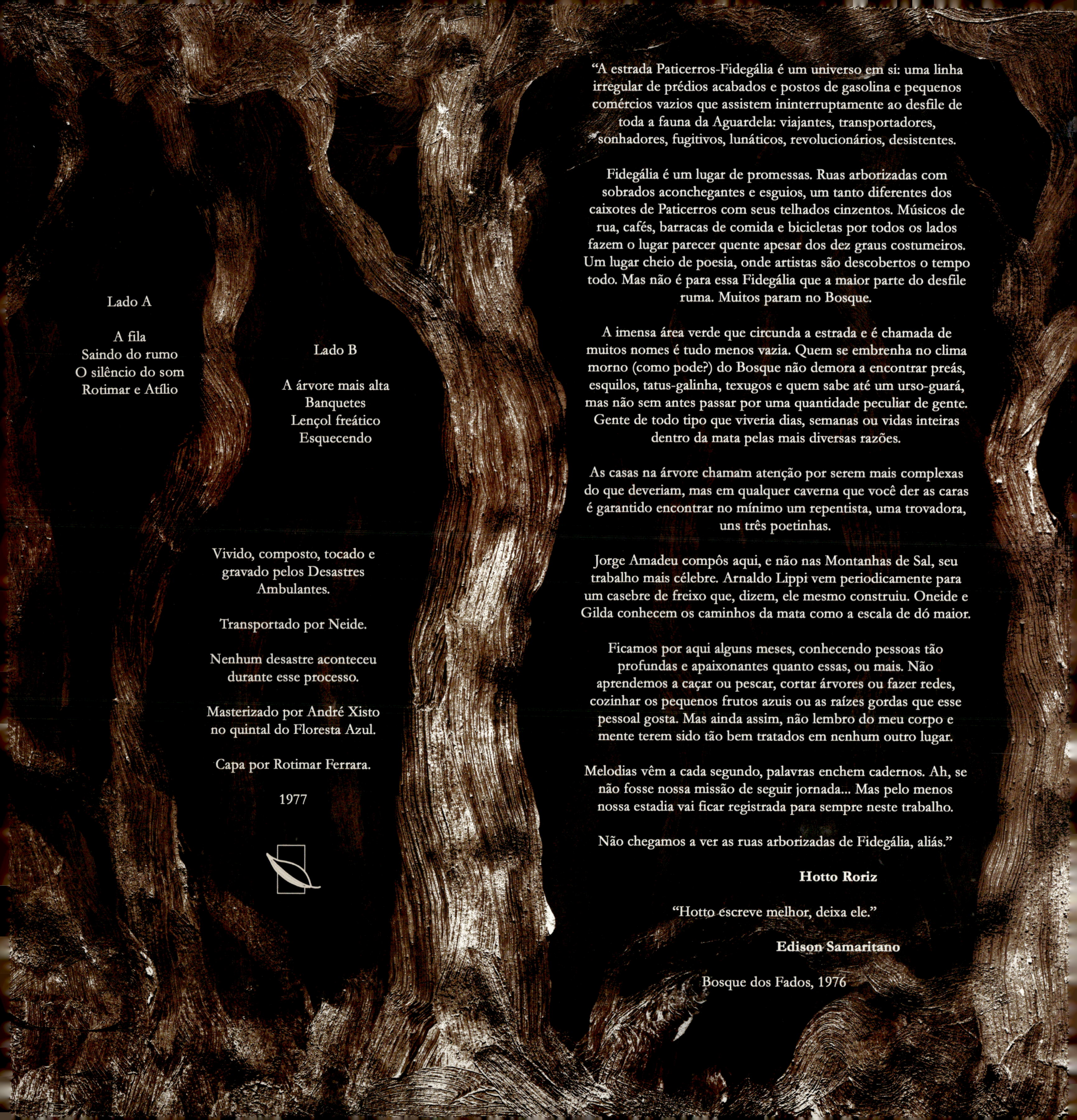

Lado A

A fila
Saindo do rumo
O silêncio do som
Rotimar e Atílio

Lado B

A árvore mais alta
Banquetes
Lençol freático
Esquecendo

Vivido, composto, tocado e gravado pelos Desastres Ambulantes.

Transportado por Neide.

Nenhum desastre aconteceu durante esse processo.

Masterizado por André Xisto no quintal do Floresta Azul.

Capa por Rotimar Ferrara.

1977

"A estrada Paticerros-Fidegália é um universo em si: uma linha irregular de prédios acabados e postos de gasolina e pequenos comércios vazios que assistem ininterruptamente ao desfile de toda a fauna da Aguardela: viajantes, transportadores, sonhadores, fugitivos, lunáticos, revolucionários, desistentes.

Fidegália é um lugar de promessas. Ruas arborizadas com sobrados aconchegantes e esguios, um tanto diferentes dos caixotes de Paticerros com seus telhados cinzentos. Músicos de rua, cafés, barracas de comida e bicicletas por todos os lados fazem o lugar parecer quente apesar dos dez graus costumeiros. Um lugar cheio de poesia, onde artistas são descobertos o tempo todo. Mas não é para essa Fidegália que a maior parte do desfile ruma. Muitos param no Bosque.

A imensa área verde que circunda a estrada e é chamada de muitos nomes é tudo menos vazia. Quem se embrenha no clima morno (como pode?) do Bosque não demora a encontrar preás, esquilos, tatus-galinha, texugos e quem sabe até um urso-guará, mas não sem antes passar por uma quantidade peculiar de gente. Gente de todo tipo que viveria dias, semanas ou vidas inteiras dentro da mata pelas mais diversas razões.

As casas na árvore chamam atenção por serem mais complexas do que deveriam, mas em qualquer caverna que você der as caras é garantido encontrar no mínimo um repentista, uma trovadora, uns três poetinhas.

Jorge Amadeu compôs aqui, e não nas Montanhas de Sal, seu trabalho mais célebre. Arnaldo Lippi vem periodicamente para um casebre de freixo que, dizem, ele mesmo construiu. Oneide e Gilda conhecem os caminhos da mata como a escala de dó maior.

Ficamos por aqui alguns meses, conhecendo pessoas tão profundas e apaixonantes quanto essas, ou mais. Não aprendemos a caçar ou pescar, cortar árvores ou fazer redes, cozinhar os pequenos frutos azuis ou as raízes gordas que esse pessoal gosta. Mas ainda assim, não lembro do meu corpo e mente terem sido tão bem tratados em nenhum outro lugar.

Melodias vêm a cada segundo, palavras enchem cadernos. Ah, se não fosse nossa missão de seguir jornada... Mas pelo menos nossa estadia vai ficar registrada para sempre neste trabalho.

Não chegamos a ver as ruas arborizadas de Fidegália, aliás."

Hotto Roriz

"Hotto escreve melhor, deixa ele."

Edison Samaritano

Bosque dos Fados, 1976

DelaSOM
apresenta
A GAROTA DE
IRÁ
trilha sonora da novela
Vera Circe
é SUELI
BETE BRILHO
CAROLINO
DA GEMA
DORA
MARCELO REINALDO
A MÁQUINA SONORA
OS RAYOS
VANINHA
VERA CIRCE
VIVI VITRAL
ZELBERTO

Novela de: REBECA MARQUES
Direção de: KAREN CORRIDONI

com:

VERA CIRCE
IAN BASTOS
CIBELE CECCOTI
(Participação Especial)

RONALDO PEREIRA DA SILVA
DELI TOLEDO
THIAGO DA HORA
RENAN PEZZI
GABRIELA PAGANI
GRACO CASETTO
ROBERTO ÁVILA
JOÃO MAURO
GABRIEL GABIRU
RENATA VALVANO
EVERTON GARCIA
DOCA RAMALHO
YURI FERREIRA
GUILHERME ZÁ

Coordenação de Produção:
JOÃO LUCAS MARASCA
Direção de Imagem:
DUDA CARICAS
Sonoplastia:
MARIA DENISE BARROSO
Edição de TV:
MARI AMARAL GARCIA
Maquiagem:
TICO ELLERY JUNIOR
Guarda-Roupa:
MARIANA HARA
Assistente de Direção:
SANDOR ZAPATA
Cenografia:
RENAN E ROBERTA TORICELLI
Diretor de Arte:
THIAGO MUNER

A jovem vidente Sueli Albuquerque busca refúgio na casa de seu melhor amigo, Túlio Roquete, em Oirápolis, após ser enxotada da mansão da família por causa de uma desavença com sua mãe, Nice Albuquerque Rego, a empresária megalomaníaca que almeja transformar o lendário Bosque em um imenso resort de luxo.

Com a vida de ponta-cabeça, Sueli se vê obrigada a reavaliar todos os seus conceitos enquanto conhece o amor de sua vida – Torino Visconti, moço bem-apessoado capaz de se transformar em coruja a bel-prazer – e a sua maior rival, Talita Pérez.

Paralelamente a isso, o vaqueiro de mira infalível João Belisário, o homem mais temido de Paticerros, passa a ser atormentado pelo fantasma de sua primeira vítima, uma ancestral de Nice.

LADO A

CLARIVIDÊNCIA
Bete Brilho

FUTURA ALMA
Marcelo Reinaldo

SEJA BEM-VINDA, QUERIDA
Da Gema

AVE DE RAPINA
A Máquina Sonora

JOÃO BELISÁRIO
Carolino

COLHER DE CHÁ
Vaninha

LADO B

O PISTOLEIRO
Zelberto

PALMAS PARA A RAINHA
Dora

MEU NOME É SUELI
Vera Circe

PRIMEIRA CARTA
Vivi Vitral

FEITIÇO DESFEITO
Os Rayos

A GAROTA DE OIRÁ
Hilton Barroso e Orquestra

Participação especial do maestro e compositor HILTON BARROSO, por especial deferência do MEA.

EVANDRO

LAP

STEREO

Evandro Calmim, um jovem com um ritmo quente e contagiante, um cantor de blues e soul que fez sua estreia na Família Gigantes do Som, foi apontado pela revista "Botas" como sendo um dos melhores e mais promissores intérpretes dos últimos tempos, dado ao seu estilo bastante peculiar.

Ele consegue te ligar com "REFÉM DO AMOR", uma música fantástica composta por Giulia Sampaio, sobrinha do velho Carlos Sampaio, um dos melhores bateristas e arranjadores do tão popular Som Nanuviano. Logo nas primeiras faixas você percebe imediatamente a versatilidade de Evandro, que tanto pode cantar um número embalado, como uma canção sentimental com o mesmo desempenho brilhante.

A próxima música, "AQUELA MULHER", é dedicada à sua esposa, a baixista Alice Assumpção. Em seguida, "SOMENTE ELA", onde podemos notar mais nitidamente o estilo característico de Calmim. É um grande artista e consegue fazer a coisa toda a seu modo, dando tudo de si. Por isso ele consegue captar e reter todas as técnicas e toques especiais da vida moderna.

Talvez toda essa diferença no som de Evandro venha do seu passado em Campanha: foi amadurecido nas grandes planícies entre Marisma e Oirápolis, nas suas inúmeras e desconhecidas boates e descoberto por acaso pelo grande músico George Bello. Você ouvirá essa potência em "SAUDADE BRAVA", originalmente gravada pelo Arapongas, um grupo jovem que pertencia a um estúdio de Paticerros, do outro lado de Aguardela. Eles receberam um disco de ouro por isso.

Agora preste atenção à versão de Evandro em "O BILHETINHO". É sensacional, nova, diferente e tão gostosa que dá vontade de ouvir todo dia.

Em seguida vem "RAINHA DE COPAS", um maravilhoso funk suingado que dá nome ao disco, e depois vem uma música nova que tem uma mensagem profunda para o mundo de hoje: "SONHANDO UM FUTURO MELHOR". Aqui Evandro acentua os significados da letra de Alice: "Quando olho para este lugar, começo a pensar que ele não é tudo. Eu tenho que sonhar, achar meu verdadeiro lar. Eu tenho que cantar, pois nem sempre fui sortudo".

"FORA DA MINHA REALIDADE" segue a mesma linha, na qual Evandro é acompanhado por uma inesquecível seção de metais, cortesia dos irmãos Rocha; agressiva, mas sem violentar nossos ouvidos. Mais precisamente é um apelo suave para a paz num mundo em que a paz é quase sempre desconhecida, mesmo entre aqueles que gritam bem alto por ela.

O trompete e o saxofone também aparecem com grande destaque em "ESTRADA LONGA", clássico da Madame Oneide, onde o cantor consegue transmitir ao mesmo tempo ternura e tristeza numa combinação esplêndida de homem e metais. Então vem "O 27 JÁ PASSOU", na qual ele põe toda sua vitalidade para transformar e ressignificar o sucesso da Batida num estilo inteiramente seu.

Este long-play termina com uma música antiga, "VERÃO EM CAMPANHA", mas em estilo moderno. Nela Evandro consegue mostrar toda tranquilidade da vida gostosa do verão quente de sua terra natal... quando os coelhos voam e o maracujá floresce. Ele faz coisas maravilhosas com a sua voz e assim podemos afirmar que esta é uma interpretação bastante diferente e espetacular.

Evandro Calmim, sendo um dos maiores cantores que existem, consegue dar um toque todo especial a cada intepretação, coisa que poucos artistas são capazes.

Guarde bem este nome: EVANDRO CALMIM.

SERGINHO CARLOS DO BALANÇO
comanda o "Sexta-feira das Paixões" na Jacaletro FM

LADO UM

REFÉM DO AMOR
(G. Sampaio – 2:47)
AQUELA MULHER
(E. Calmim e G. Bello – 2:59)
SOMENTE ELA
(Zelberto – 3:13)
SAUDADE BRAVA
(E. Dibango – 2:14)
O BILHETINHO
(W. Bellozo – 2:16)

LADO DOIS

RAINHA DE COPAS
(E. Calmim – 3:04)
SONHANDO UM FUTURO MELHOR
(A. Assumpção – 2:22)
FORA DA MINHA REALIDADE
(G. Bello – 2:23)
ESTRADA LONGA
(O. Horta e G. Flor – 2:22)
O 27 JÁ PASSOU
(Xisto-Lippi – 2:10)
VERÃO EM CAMPANHA
(Tôezinho – 2:57)

Evandro Calmim – voz e guitarra
Alice Assumpção – baixo
Michel Alves – bateria
Waltel Bianco – piano
Carla Iori – conga
Paola Rocha – trompete
Jefferson Rocha – saxofone
Jonas Rocha – trombone

Produção: George Bello e Evandro Calmim
Engenheira de som: Alice Assumpção
Supervisão artística: Dalmo Biondi
Direção executiva: Leila Aravena
Foto da capa: Vinícius Caldas
Estúdio Avarandado

1977

STEREO

SELVAGENS

PERIGO NA PISTA

DelaSOM

Vou contar pra vocês como este disco maravilhoso nasceu. Um ano atrás, fui convidada pelo pessoal do Shopping Pátio Aguardela para montar uma casa noturna em um espaço que estava vago no local. A ideia era chamar atenção e atrair possíveis clientes para as outras lojas. Me ofereceram uma área enorme, ótima, pois ninguém dava muita bola para aquele empreendimento.

Com financiamento e liberdade para fazer as coisas como eu bem entendesse, fundei a Vulcão. Minha pretensão era "fazer uma Gaiola maior, melhorada e ainda mais moderna". Fizemos um belo palco, caprichamos no som e na iluminação, contratamos as melhores bartenders e garçonetes, preparamos uma programação musical matadora... a antítese da caretice!

Uma semana após a inauguração, recebemos a visita da Cris Fogo, que na noite seguinte trouxe a Maitê. Viraram figurinhas carimbadas da casa, mas só para tomar uns drinques e curtir o som. Lembrem-se de que As Selvagens não se apresentavam e não lançavam disco novo desde 69.

Mas, para a surpresa de todos, principalmente a minha, um dia elas subiram no palco e começaram a improvisar com a nossa banda da casa. Aplausos e gritaria por 45 minutos...

Cris e Maitê então me perguntaram se podiam se apresentar ali uma vez por semana... o resto é história.

Rosana Marcetto

PERIGO NA PISTA (TOLEDO & FOGO)
TEM QUE DANÇAR DANÇANDO (TOLEDO & FOGO)
SELVA DISCO (M. CASTOR)
EVA, ASSE ESSA AVE (TOLEDO & FOGO)
CORAÇÃO VULCÃO (TOLEDO & FOGO)
MARMELADA (G. BELLO)

FAMÍLIA QUE ESCOLHI (TOLEDO & FOGO)
VIVA AGORA (TOLEDO & FOGO)
ESSA PEQUENA É UMA PARADA (J. EUNICE)
PECADORAS (TOLEDO & FOGO)
É O QUE TEM PRA HOJE (TOLEDO, FOGO & CASTOR)
PIRIQUITEI DE VEZ (V. PIRIQUITO)

Maitê Toledo: Voz e baixo / Cris Fogo: Guitarra / Martinha Castor: Bateria
Produzido por Cris Fogo

Direção artística: Rosana Marcetto / Supervisão artística: Letícia Picolli / Direção de estúdio e mixagem: Rita Palomino / Estúdio de gravação: Muito Chique / Técnicos de gravação: Leo Monreale e Rafinha Pederneiras / Estúdio de mixagem: Solua / Assistente de gravação: Beto Fuks / Capa: Chica Leão

Músicos que participaram desta gravação:
Piano: Giulia R. Caserta / Percussão: Tonico Osório / Teclado: Rogéria Estrela / Metais: Paola Rocha, Jefferson Rocha, Jonas Rocha / Arranjos: Lelena Motta

DelaSOM
MARCELO
REINALDO
VIGILANTE
DO AMOR

UM HERÓI APAIXONADO À PROCURA DE RESGATE.
UM NOVO MARCELO REINALDO... SÓ PARA VOCÊ!

LADO A

O HOMEM QUE AMAVA O AMOR
(TEMA DA NOVELA "O HOMEM QUE AMAVA O AMOR")
ALGUÉM QUE CUIDE DAS MINHAS FERIDAS
DIGA E EU FAREI
A RIQUEZA DAS BOLSAS DOS SEUS OLHOS
MULHER DISCRETA
NOSSA PAIXÃO

LADO B

SUPER-VILÃ DO MEU SOSSEGO
POR TODOS OS NOMES EU TE CHAMO
PERDI MINHA CHANCE, AGORA VOCÊ É FELIZ
DIABETES (TÃO DOCE)
CARRINHO DE FEIRA

MÚSICAS DE SALAS E MIRANDA
PRODUÇÃO DE LÍRIO FLORIAMOR

ARTE: CARDOSO GORDON

NINO
JURUPARI
ÀGUIA
CAETÉ

"UM ESPETÁCULO DE TÉCNICA, ESTÉTICA E DRAMA"

Rogério Nelson
Jornal O Aguardelão

"DESCONCERTANTE"

Alana Gouvêa
Revista Botas

"O APOCALIPSE DOS INSTRUMENTOS DE SOPRO"

Tite Sabonete
Jacaletro FM

LADO ÁGUIA	LADO FÊNIX
I. AS ASAS MELÓDICAS DE QUETZARUANA	I. A CANÇÃO DOS EXTREMOS DO INFINITO
II. O TERCEIRO REINO DOS CÉUS	II. AS TRILHAS DA VIA LÁCTEA
III. A QUEDA DA ÁGUIA	III. ENTENDIMENTO
IV. AIUGÀ	IV. VOLTAS
V. REVANCHE	V. PROSSEGUIR
VI. ÍCARO INVERSO	VI. NOVO PRÓLOGO

Nino Jurupari - Flautas doce, transversal, de Pã, Zurna, Shakuhachi, Asas Melódicas de Quetzaruana

Lima Aleluia - Piano e teclados / Jussara Rocha - Guitarra / Sabrina Bojunga - Violão e cello / Martim Fauda - Violino / Jojô - Baixo / Jurandir Iberê - Bateria e percussão / Marisa Malta - Sintetizadores / Gláucia Velho, Fafá Cumbica, Lino Xícaro - Vozes

Dolores Krumm como Natércia / Cidinha Arcoverde como Kará / Floriano Dias como O Vazio / Toninho Márcio como Via Láctea / Nino Jurupari como Águia

Criado e dirigido por Nino Jurupari

Asas Melódicas de Quetzaruana idealizadas por Nino Jurupari e construídas pela luthier Milena Cesáreo

Gravado ao vivo no Teatro Cucamonga nos dias 29 de junho e 2 de julho de 1978

A HISTÓRIA DE NINA ANGÚSTIA

PLANO A

NINA
SALTO
O POVO-ESTRELA
I - RECONHECIMENTO
II - MÉTODO
III - PRISÃO (A GAIOLA)

PLANO B

AS CASTAS DA PRATAVIA
I - CÉU VIOLETA
II - SINAL
III - ENCANTAMENTO
ESTRELA MAIOR
A HISTÓRIA DE NINA ANGÚSTIA

Nina Angústia habita um mundo quadrado onde Vontade não existe e está tudo bem. Ao menos para os outros. Pois a sua, em silêncio, gritou tão alto que ouviu-se no Plano Cortranslúcido habitado pelo Povo-Estrela, irrompendo a Eterna Busca deste pela Estrela Maior que o faria transcender.

Entre o Salto Pertolado que a projeta na Estação Chamoflente, a aquisição da Blistafronte e a tomada de Lapadium, A História de Nina Angústia é contada por Notas Perdidas, Línguas Omitidas e Ritmos Natimortos, mas também por Síncopes Confidentes e, principalmente, pelo Ruído Violeta da Calmaria.

Onde morre a criança nasce a mulher
Onde morre o desalento nasce a estrela
Onde morre um mundo outro se cria

COMPOSTO, ARRANJADO, PRODUZIDO,
EXECUTADO, GRAVADO E EMBALADO POR
DORA CONCEIÇÃO

AGUARDELA 1978

YALLA
XISTO

DE REPENTE É O ANO 2000
(V.AYALLA/M.MIRANDA/P.SALAS)

SEM OLHAR PARA TRÁS
(V.AYALLA)

NOVA
(V.AYALLA)

ÁGUAS VERDES
(J.AMADEU/V.AYALLA)

A MAIOR FESTA QUE JÁ SE VIU
(V.AYALLA/M.MIRANDA/P.SALAS)

LADO B

RASTROS DE FAROL
(V.AYALLA)

A MADRUGADA
(J.AMADEU/V.AYALLA)

ELETRICIDADE
(M.MIRANDA/P.SALAS)

DIÁRIO PERDIDO
(V.AYALLA)

DE VOLTA AO HOJE
(V.AYALLA)

VÂNIA AYALLA
VOZ, PIANO E SINTETIZADORES

JORGE AMADEU
GUITARRA

PACHECÃO
BAIXO E SINTETIZADORES

LIRA REMO
SAX BAIXO, ALTO E SOPRANO

LISANDRA COEN
TROMPETE

MARISA MALTA
BATERIA, PERCUSSÃO E SINTETIZADORES

PRODUZIDO POR
LÍRIO FLORIAMOR

A Casa Xisto segue sua trajetória de brilhantismo e perfeição com o mais nôvo álbum da reconhecida Maior Artista de Aguardela, nosso furacão Vaninha!

O charme, a belêza e o talento estão mais uma vêz de mãos dadas para trazer a você o melhor da música moderna. E bote "moderna" nisso! Sintetizadôres de última geração fôram trazidos por Lírio para môstrar a você o futuro, com nossa vedete robótica surgindo magnânima como mestra de cerimônias de uma festa celebrando a chegada do âno dôis mil! Chêia de modernidade, mas acima de tudo prezândo a bôa música! Dançânte, agradável aos ouvidos, para reunir amigos ou embalar o românce.

É êste o valôr da Xisto em um mercado ônde cada vêz mais, artistas decadêntes têntam ênganar o público com lôucuras sêm qualquer sentido sôbre côisas espaciais, sêm qualquer musicalidade ou prazêr para quem ouve. Quem cômpra um disco para dançar ao sôm de barulho que lembra meu cachôrro já idoso passando mau? É realmênte de dar pêna!

Mas a crítica especializada profissional sabe o quê faz, e está aí para tôdo mundo vêr o resultado: passam vergônha! Não conseguem tocar nos evêntos nêm no rádio. Talvêz no rádio do hospício: Dorinha acabou!!!

ORIONE XISTO
Pionêiro da Música de Aguardela

Capa: Horácio Yoshio (sobre foto de Abélio Loureiro)

Lançamento: 1979
Gravado e produzido na Casa Xisto.
Disponível também em cassete.

DISCO É CULTURA

Finalização, impressão, embalagem e distribuição DELAPRESS.

O GRANDE CONCERTO DA VIRADA

Sábado, 30 de junho de 1979.

Milhares de aguardelões se reuníram no terreno da nova Usina da Cidade Alta para celebrar a última Virada de uma década de transformações e contrastes, que emprestaria suas características ao evento em si.

Idealizado por Laurinha Vale com o apoio da Rádio Jacaletro FM, Montanhesa e LAP, o GRANDE CONCERTO DA VIRADA reuniu vinte e três artistas, que se apresentaram ao longo de mais de trinta horas de música ao vivo, e se consagrou como um estrondoso grito diante da exploração e padronização da nossa cultura. Grito esse que nem mesmo a sobrecarga que deixou tudo no escuro no momento da Virada, quando os Desastres Ambulantes defendiam Debaixo Dessas Botas, conseguiu silenciar.

Pois a partir dali a Virada nos presenteou com um imenso coral, com todas as vozes presentes cantando em uníssono os repertórios que se seguiram, iluminadas pelos isqueiros que projetaram as luzes de Aguardela na escuridão do universo. Um oceano de gargantas fazendo música à luz do fogo.

Muito foi e ainda será dito sobre o tortuoso período que se seguiu, e ainda estamos longe de entender todas as consequências, mas uma coisa é certa: você tem em mãos o registro dos melhores momentos da noite que mudou Aguardela para sempre.

DISCO UM - ELETRICIDADE
produzido por Laurinha Vale e gravado por Gui Hirata (Jacaletro FM)

LADO DIA

1. A MÁQUINA SONORA
"Abrindo os trabalhos" - 12:01

2. VIVI VITRAL
"Se cria" (participação especial de João Hermes Vitral) - 5:30

3. SINDICATO DOS CONSTRUTORES DO RUÍDO
"Tá rindo do quê?" - 4:17

LADO NOITE

1. VERÃO FRIO
"Chef Melodia" - 3:04

2. DORA E NINO JURUPARI
"O povo-estrela/A canção dos extremos do infinito" - 13:42

3. OS DESASTRES AMBULANTES
"Debaixo dessas botas" (Parte I) - 6:45

DISCO DOIS - FOGO
gravado e produzido por Lilo Lombada

LADO NOITE

1. OS DESASTRES AMBULANTES
"Debaixo dessas botas" (Parte II) - 16:22

2. LENA ESTRADA E OS PERDIDOS
"Com quantos corações" - 3:09

3. AS SELVAGENS
"Voltando da guerra" - 1:12

4. JORGE AMADEU
"Folhas mortas se erguem no ar" - 4:30

LADO DIA

FAMÍLIA GIGANTES DO SOM
"E aí, Guilherme?" - 6:47

CAROLINO
"Oração ao vento" - 4:51

DORA
"Sigo" - 12:12

ANOS 1980

BLECAUTE

BLECAUTE

Agora que está passando, a gente começa a organizar as coisas na cabeça. E quase nada faz sentido. Parece que vivemos um filme de terror. Como pode um lugar decair assim em tão pouco tempo?

Três meses sem energia de uma Oirá à outra. Três meses sem luz. Sem toca-discos. Sem televisão. Sem geladeira. Os rádios de pilha não tinham o que transmitir. Os geradores que botaram às pressas nas prateleiras não funcionavam direito e custavam uma fortuna. Pelas ruas da Cidade Alta, paraíso tecnológico de Aguardela, lanternas fracas definiam silhuetas cabisbaixas e vagarosas de gente trocando pertences para matar a fome.

Muita gente deixou aquele lugar e foi pra Nova Oirá. Sim, o lugar que nasceu da construção da usina passou a crescer quase descontroladamente por causa da falência da mesma. Mas a energia que faltava era compensada com calor humano.

Naquelas ruas confusas e lotadas, descobrimos uns nos outros um motivo para seguir adiante. As rodas de conversa, os casos na fogueira, a música na calçada. Sim, a música. Ela realmente não precisa da eletricidade pra existir.

Aquela Virada durou três meses e acabou com tudo. Mas criou a gente.

Nós somos o Blecaute.

LADO A	LADO B
1. CEGUEIRA NOTURNA	1. O SOL
2. NUNCA MAIS	2. FAZENDO A COISA
3. POR ONDE ANDA	3. RIO E RIBEIRÃO
4. REI DAS LATAS	4. NOTÍCIAS QUE CHEGAM
5. OLHANDO ESTRELAS	5. FESTA

Tônio Ricardo Almeida - voz, violão, kalimba e bongôs
Ana Lúcia Brás Pessoa - voz, violão, piano, berimbau e caixa de fósforos
Wagner Caldas Paiva - voz, violão, flauta, surdo, triângulo e pandeiro

Produzido por Lorene Viana e Blecaute
Gravado no Grito - Rua Samambaias 210, Nova Oirá

Capa de Davina Bonequeira - Galeria dos Postes 47, Nova Oirá
Foto de Michel Mota

1980

FÉRETRO
Let

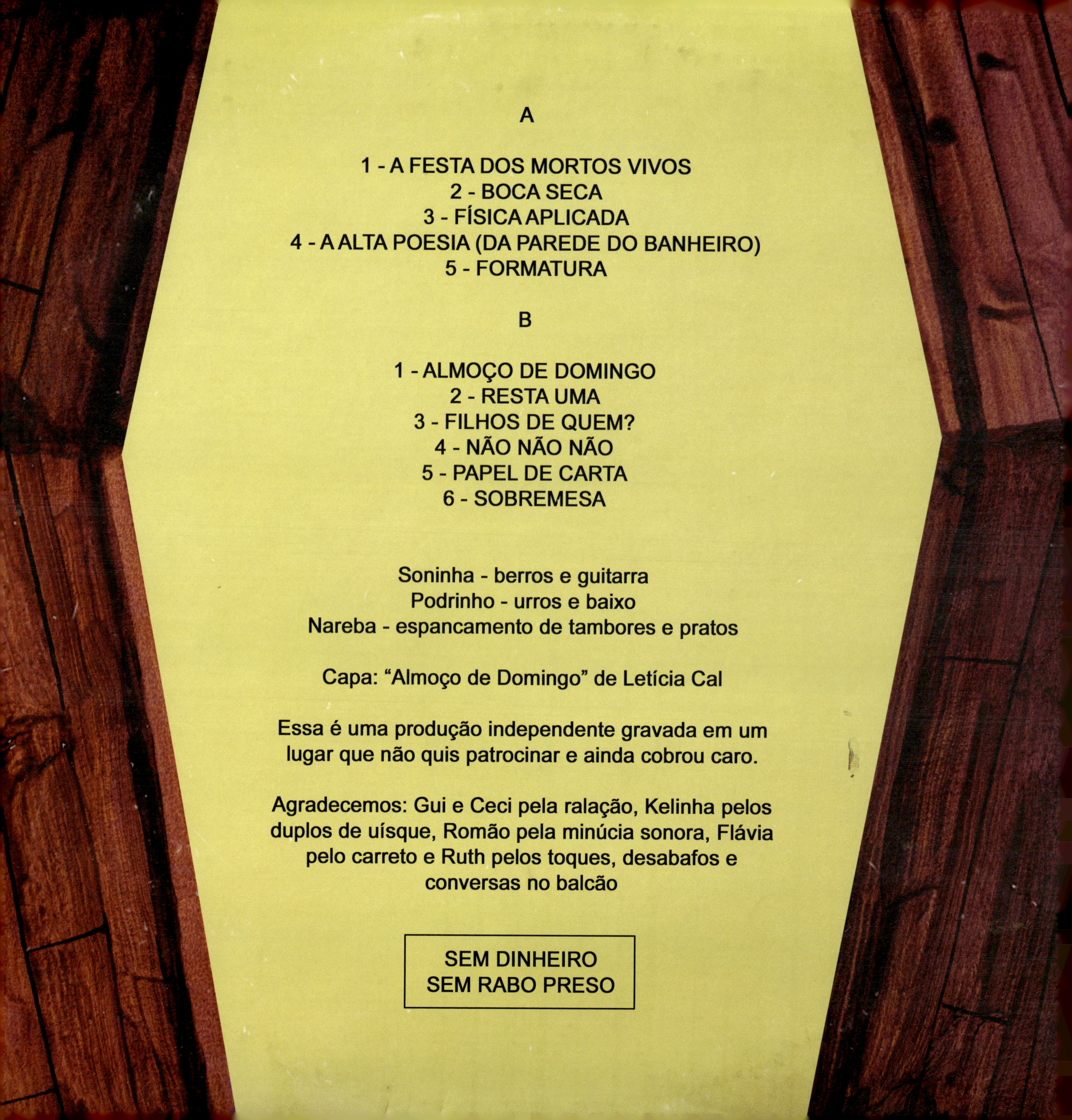
A
1 - A FESTA DOS MORTOS VIVOS
2 - BOCA SECA
3 - FÍSICA APLICADA
4 - A ALTA POESIA (DA PAREDE DO BANHEIRO)
5 - FORMATURA
B
1 - ALMOÇO DE DOMINGO
2 - RESTA UMA
3 - FILHOS DE QUEM?
4 - NÃO NÃO NÃO
5 - PAPEL DE CARTA
6 - SOBREMESA
Soninha - berros e guitarra
Podrinho - urros e baixo
Nareba - espancamento de tambores e pratos
Capa: "Almoço de Domingo" de Letícia Cal
Essa é uma produção independente gravada em um lugar que não quis patrocinar e ainda cobrou caro.
Agradecemos: Gui e Ceci pela ralação, Kelinha pelos duplos de uísque, Romão pela minúcia sonora, Flávia pelo carreto e Ruth pelos toques, desabafos e conversas no balcão
SEM DINHEIRO
SEM RABO PRESO

DelaFILME NINO JURUPARI

TRILHA SONORA DO FILME

TRILHA SONORA DO FILME

O IMPIEDOSO IMPERADOR APOLLO SOLARIS ACORDOU DE SEU SONO MILENAR E AMEAÇA TODO O EQUILÍBRIO INTERGALÁCTICO DO REINO DE CHABBADON. A ESPERANÇA DE SALVAÇÃO RESIDE NO JOVEM MARSIAS, HERDEIRO E PORTADOR DA LENDÁRIA FLAUTA DE MINERVA, MAS ELE ESTÁ SOBRECARREGADO COM OS TESTES DA PROVAÇÃO PLANCK NA COSMOVERSIDADE DE ÓMICRON 14 E COM A ENTUSIASMANTE ROTINA DO SEU NOVO CONJUNTO MUSICAL.

NINO JURUPARI MARSIAS
CARLA LEONE MINERVA
TARCÍSIO DUARTE APOLLO SOLARIS

LADO UM

TEMA DE MARSIAS
A COSMOVERSIDADE
HINO A APOLLO
CHABBADON É MINHA
BATALHA PELO ORÁCULO
MÃE MINERVA
BANDA INFINITA
ENTR'ACTE

LADO DOIS

O DESAFIO DE PLANCK
EM DEFESA DE ÓMICRON 14
FUGA DE NOVA DELFOS
TEMA DO EMBATE CÓSMICO
PODER DA FLAUTA
TEMA DE MARSIAS (REPRISE)
O CASAMENTO
UM NOVO HERÓI

MÚSICA COMPOSTA E REGIDA POR NINO JURUPARI FILME DIRIGIDO POR JEAN GIMÉNEZ

FLAUTAS NINO JURUPARI PIANO E TECLADOS LIMA ALELUIA GUITARRA JUSSARA ROCHA BAIXO JOJÔ BATERIA E PERCUSSÃO JURANDIR IBERÊ SINTETIZADORES MARISA MALTA PARTICIPAÇÃO ESPECIAL ORQUESTRA SINFÔNICA DE AGUARDELA E CORO DA ESCOLA DE MÚSICA DA GEMA

Finalização, impressão, embalagem e distribuição DELAPRESS. DISCO É CULTURA

RDA

DO FÉRETRO, A FILHA BASTA.RDA

Que certos políticos não me ouçam, mas realmente estamos diante de uma "nova" Aguardela. Uma Aguardela em que o povo sabe que vai ganhar, sim, mas acima de tudo sabe que vitória só vem com luta.

O já histórico debut do **Féretro** trouxe consigo ódio, amargura e descrença, mas também energia, catarse e reflexão. **Soninha e Podrinho** deram voz a uma geração que cresceu ouvindo dos pais que viviam num paraíso, mas não achou maçã nenhuma para experimentar.

Quando a frágil trama que sustentava esse pacto rasgou, sobraram de um lado reacionários culpando a arte pelas mazelas que eles mesmos criaram, de outro, artistas ingênuos que achavam que seus sonhos carregariam nas costas uma comunidade inteira. E esquecido no canto, um povo em desalento, porém cheio de vontade de botar tudo abaixo.

Agora sem a companhia de Soninha (que continua quebrando tudo no Féretro), Podrinho ressurge aqui ainda mais contundente e raivoso, mas com uma surpreendente dose de ironia e diversão. Mas um trabalho consistente deve ser feito a várias mãos, e **Juras** sobe uma parede de guitarras capaz de conter o apocalipse (além de mostrar sua desenvoltura em outras artes, fazendo a poderosa ilustração da capa do álbum), enquanto a lenda **Cachorrão** segue rufando os tambores do inferno e nos brindando com as costumazes letras ferinas que consagraram o Sindicato.

Maior que a soma de suas partes, a Basta.rda cai como uma bomba em uma Aguardela já em ebulição.

Júlio Profeta escreve quinzenalmente o nosso amado fanzine **Carniça.**

LADO A

1 - BASTA DE TELEVISÃO
2 - BASTA DE INGENUIDADE
3 - BASTA DE MÚSICA GIGANTE
4 - BASTA DE REVISTA DE DOMINGO
5 - BASTA DE OLHAR PRO CHÃO

LADO B

1 - BASTA DE FOME
2 - BASTA DE MÉDICO ENGENHEIRO ADVOGADO
3 - BASTA DE JÃO BOCÓ
4 - BASTA DE JORNALISTA PUXA-SACO
5 - BASTA DE PROPAGANDA DE FLORALINA

BASTA.RDA é: Podrinho - Juras - Cachorrão

Gravado independente pela Ruth em algum canto da Universidade de Aguardela.
Apoio: Carniça e Última Dose.

Valeu, Ruth, Trovão, Fred, Pirulito, Tricia, Pachecona, Marcondes, Flávia, Pirão, Ninico e Almeidinha.

ESTRELA
MAIOR
E OS ESTRELETES

DAS PROFUNDEZAS DO UNIVERSO, ELES ESTÃO ESPREITANDO!

NESSA HISTÓRIA CHEIA DE ESTRANHEZAS QUE DESAFIAM A COMPREENSÃO HUMANA, ACOMPANHAMOS A SAGA DE **DONA PERDIÇÃO**, UMA SENHORINHA APARENTEMENTE COMUM QUE ACABA SE ENVOLVENDO EM UMA LOUCA BATALHA ESPACIAL!

LADO A

1 DONA PERDIÇÃO
2 PULINHO
3 OS ESTRELETES
4 A PRISÃO DE VENTRIS

LADO B

1 OS BESTAS DE CHABADABADÁ
I - GRANDE PLANO NÃO-LÚCIDO
II - SÓ UM GOLINHO
III - VIAJANDO
2 NA DELEGACIA
3 QUEM NÃO ENDOIDOU FICOU MALUCO

GRAVADO POR ESTRELA MAIOR E UM BANDO DE ESTRELETES SEM NOME
PRODUZIDO POR **JERRY BELLINI**
CAPA: FRANCO GEDEONE

AGRADECIMENTOS: CARLINHOS SANTIAGO, DUDU, ELIANA DALVA, GUTZ

ONDE MORRE A RAZÃO NASCE O HUMOR!

Finalização, impressão, embalagem e distribuição DELAPRESS. DISCO É CULTURA

FÉRETRO
CHACINA

APRESENTA

LADO A

1 O PATRÃO FICOU MALUCO - A MAIOR LIQUIDAÇÃO DE AGUARDELA
2 OS DENTES SEMPRE BRILHAM NA TV
3 OIRÁ RESISTE
4 CELINHO MÃO DE LARÁPIO
5 ENGOLE

ESCUTA ESSA, PATRÃO! É A MELHOR MÚSICA QUE EU JÁ FIZ!

PARABÉNS, VAI FICAR ÓTIMA NA ABERTURA DO PROGRAMA CARLINHOS SANTIAGO!

LADO B

1 EU DECLARO OS RÉUS...
2 ESSA ARMA MATA ARTISTAS
3 ÁGUA MORNA
4 OTÁRIO TAMBÉM SONHA
5 FUI

SONINHA TROVÃO VOCAL NARÃO VOCAL E BAIXO
JÚLIO RIBAS GUITARRA TATI NAREBA BATERIA
FERNANDA XISTO CAPA CECI HORÁCIO ROADIE GUI VENTANIA ROADIE
GRAVADO EM ALGUM CANTO DA UNIVERSIDADE DE AGUARDELA

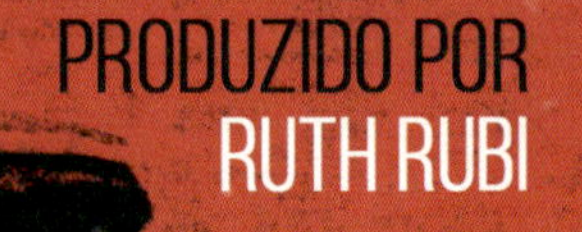

C H A C I N A
F É R E T R O

Vânia Ayalla
BEBA
Cabreirinha
Cabreirinha©

...e Dora Conceição

LADO A
1. UM PIANO PARA DUAS
2. RESGATE-SE
3. ROSA DE VIDRO
4. O RELÓGIO BATE 12

LADO B
1. FINIS HOMINIS
2. NOITE ADENTRO
3. PISCINA
4. ESCALDADAS
5. PROMESSA

Composição de Dora Conceição e Vânia Ayalla.
Banda: Othello Lucas, Pachecão, Lisandra Coen e Marisa Malta.

Produção de Vânia Ayalla, Dora Conceição e Leila Aravena.

Capa de Katarina Hoffman
Um lançamento LAP - 1984

LAP

Hoff

Finalização, impressão, embalagem e distribuição DELAPRESS. DISCO É CULTURA

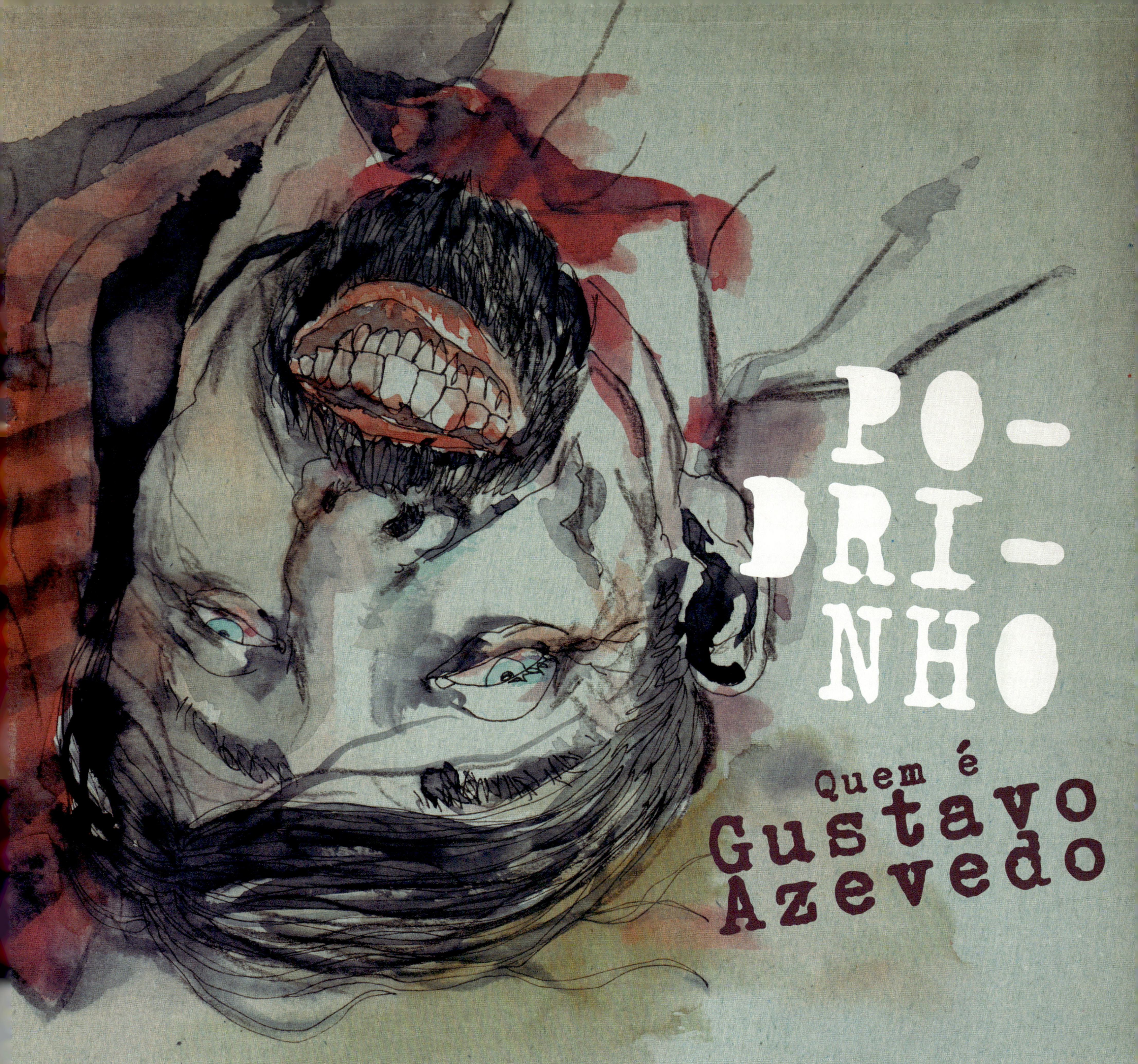

Uma obra de ficção.

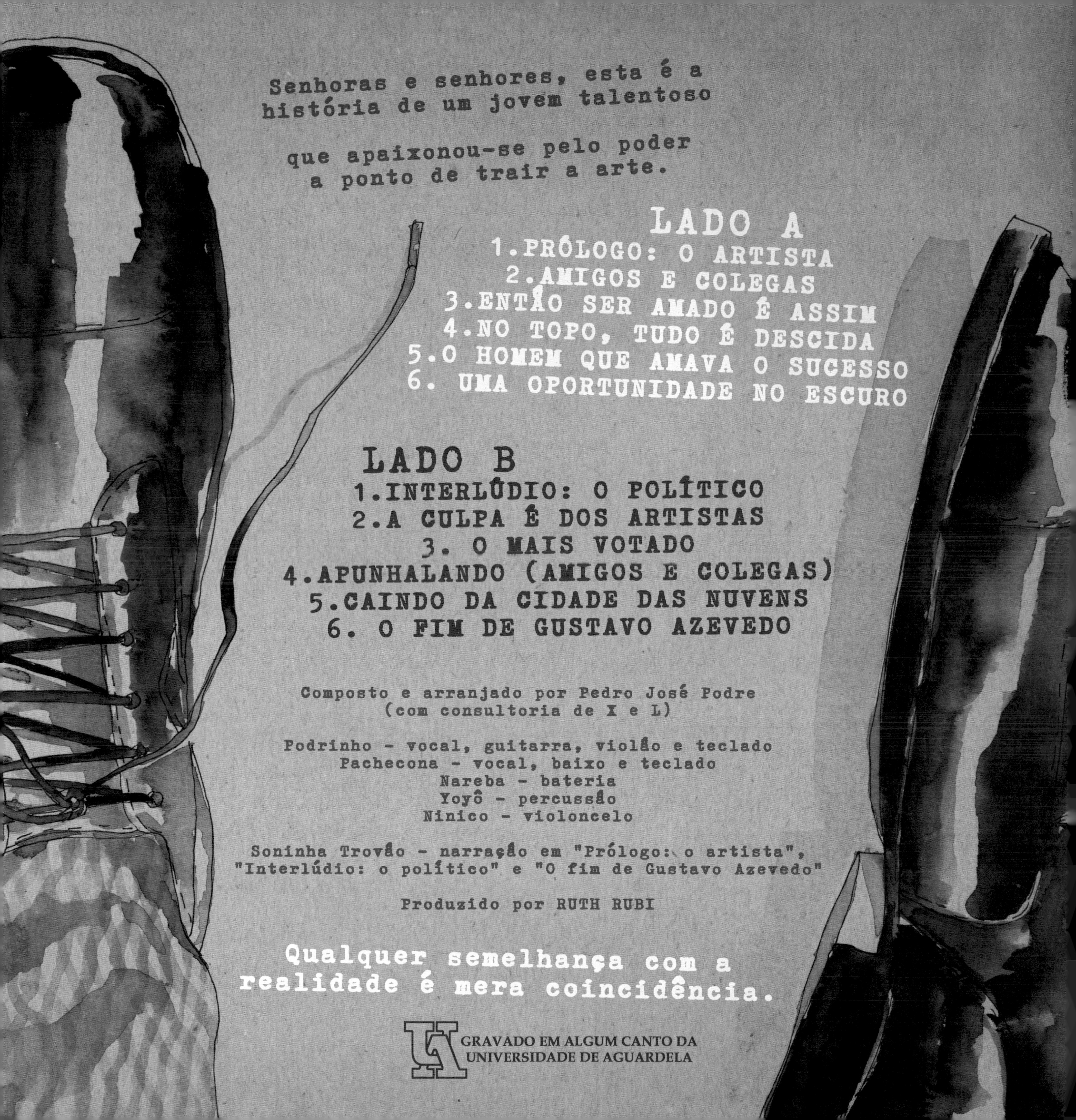
Senhoras e senhores, esta é a
história de um jovem talentoso
que apaixonou-se pelo poder
a ponto de trair a arte.
LADO A
1.PRÓLOGO: O ARTISTA
2.AMIGOS E COLEGAS
3.ENTÃO SER AMADO É ASSIM
4.NO TOPO, TUDO É DESCIDA
5.O HOMEM QUE AMAVA O SUCESSO
6. UMA OPORTUNIDADE NO ESCURO
LADO B
1.INTERLÚDIO: O POLÍTICO
2.A CULPA É DOS ARTISTAS
3. O MAIS VOTADO
4.APUNHALANDO (AMIGOS E COLEGAS)
5.CAINDO DA CIDADE DAS NUVENS
6. O FIM DE GUSTAVO AZEVEDO
Composto e arranjado por Pedro José Podre
(com consultoria de X e L)
Podrinho - vocal, guitarra, violão e teclado
Pachecona - vocal, baixo e teclado
Nareba - bateria
Yoyô - percussão
Ninico - violoncelo
Soninha Trovão - narração em "Prólogo: o artista",
"Interlúdio: o político" e "O fim de Gustavo Azevedo"
Produzido por RUTH RUBI
Qualquer semelhança com a
realidade é mera coincidência.
GRAVADO EM ALGUM CANTO DA
UNIVERSIDADE DE AGUARDELA

JOÃO
HERMES
VITRAL
O FUTURO
DO PESAR
BEBA
Cabreirinha
Cabreirinha©

JOÃO HERMES VITRAL
O FUTURO DO PESAR

O FUTURO DO PESAR
(Carolino e Vivi Vitral)
RUA VAZIA
(Vivi Vitral e Da Gema)
CRIADORA E CRIATURA
(João Hermes Vitral)
MERCEARIA SÔNIA
(Carolino)
QUALQUER AGORA QUE ME RESTA
(Vivi Vitral)

SAMBINHA MACIOTA
(Da Gema)
TE VI CONTENTE
(Guiomar Xavier)
MALANDRAGEM TEM NOME
(Carolino e Celinha)
AGENOR PRIMEIRO, DEPOIS O RESTO
(Da Gema e Carolino)
CORAÇÃO DESATADO
(Vivi Vitral)
SAUDADE DA CIDINHA
(Da Gema e Guiomar Xavier)

Vejo este disco como uma continuação espiritual do "Carolino de Pesar" (1966) e do "Da Gema" (1975). Dá pra dizer que, de certo modo, ele fecha a nossa trilogia familiar, ao mesmo tempo que inaugura a promissora carreira do meu amado neto, que, como o próprio título indica, tem um belo futuro pela frente, assim espero. Tudo aqui é muitíssimo especial, puro amor e dedicação. Tenho convicção de que todos nós demos o nosso melhor. Eu não poderia estar mais contente. Voa, Joãozinho! - CAROLINO

JOÃO HERMES VITRAL – voz
VIVI VITRAL – voz, tamborim e ganzá
CAROLINO – violão
DA GEMA – oboé e flauta
ORÉSTIS VITRAL – cuíca e surdo
GUIOMAR XAVIER – viola de 10 cordas
FRIDO LIRA – cavaquinho
TETÊ – surdo e pandeiro
PEREIRINHA JÚNIOR – bateria

Arranjos: CAROLINO - Produção: DA GEMA e VIVI VITRAL

Finalização, impressão, embalagem e distribuição DELAPRESS. DISCO É CULTURA

Soninha Trovão
& sua grande farra
Cabreirinha©
TROQUE POR
20 TAMPINHAS

Quem passa pela casa 37 da rua Nobre Calado, na parte baixa de Nanúvia, não tem qualquer pista do que está acontecendo lá dentro. Melhor assim.

Um dos pilares da nova geração, que dizem já ter nascido perdida, comanda uma festa de criatividade marginal que parece não ter fim. Os convidados vêm de todos os cantos e parecem escolhidos ao acaso. O estilo já se perdeu há muito. Em uma olhadela para um canto aleatório, pode-se ver uma contadora de Paticerros, dois cabeludos da Cidade Alta e um imenso Jacalé encardido, vindo não se sabe de onde, conversando animadamente enquanto uma cantora lírica de Oirápolis tem seu cabelo trançado por um cozinheiro campanhense coberto de tatuagens.

Parece insólito o bastante? Pois a mentoria desse absurdo é de um dos maiores nomes dessas terras, que não só supervisiona como confia a guarda de seu neto a esse ambiente indescritível.

Imagine agora o resultado desse disparate. Sim, perdão pelo lapso, esqueci de mencionar que em momentos impossíveis, algum trabalho é feito ali...

E é coisa dos mais altos gênios da nossa cosmogonia, um deleite que nos lembra a todos da riqueza da paleta cultural de Aguardela. Vida longa à Soninha Trovao e a todos os degenerados que participaram dessa Grande Farra - inclusive esta que vos escreve e agradece o convite do fundo do coração.

Narjara Guedes
jornalista d'A Estrada

Lado A

1 - Dois pra frente, um pra trás
2 - De tarde no sofá
3 - Caraminholas
4 - Lava a louça, Lino
5 - Guerém-guerém

Lado B

1 - Pronta pra mais
2 - Chá das duas
3 - O mundo gira
5 - Adeus, Aguardela
6 - A gente é o que há

Tudo escrito, cantado e tocado por Soninha Trovão, Tati Nareba, Podrinho, Carolino, Otacílio Marcos, Jorge Amadeu, Vivi, Da Gema, Nino Jurupari, Mauro Jagal, João Hermes Vitral, Elina Cavalcanti, Vânia Ayalla, Zuzu, Pachecona, Cachorrão, Vera Circe e Belinha, além de Edison Samaritano e Hotto Roriz por telefone e outros nomes que não serão citados pelas mais diversas razões.

Produzido por Carolino e Ruth Rubi

Capa de Fernanda Xisto

Finalização, impressão, embalagem e distribuição DELAPRESS. DISCO É CULTURA

NIVALDO CÉSAR **FLORES DE PLÁSTICO** VALDEMAR CASTOR

"Já tá na boca do povo, Lírio Floriamor desapareceu sem deixar vestígios. Nosso álbum é uma celebração a isso.

Estávamos com tudo isso entalado na garganta desde 1969, quando o então famosíssimo produtor da Batida convenceu o Valdemar e eu a sair da Selvagens da Madrugada (que erro!) e lançar um disco só nosso. O resultado foi o famoso e famigerado 'Pecados Inocentes', o álbum que acabou com a gente. Eu garanto que todas as letras dele foram escritas com todo o nosso coração, e que demos tudo de nós naquelas excruciantes sessões de gravação, mas o disco deixou de ser nosso assim que saímos do estúdio. Todo mundo ouviu o que Lírio fez na mixagem e produção... O que são aqueles sintetizadores? Aquelas vozes robóticas? Não gosto nem de lembrar.

Bom, é isso, finalmente falamos o que precisávamos e a sensação agora é de paz interior. Só preciso registrar minhas sinceras desculpas à Maitê Toledo e Cris Fogo, nossas geniais parceiras na maior banda do mundo. Eu morro de saudade daqueles nossos primeiros ensaios na casa antiga dos meus pais." - **NIVALDO CÉSAR**

NIVALDO CÉSAR: BAIXO E VOZ
VALDEMAR CASTOR: BATERIA E VOZ

PARTICIPAÇÃO ESPECIAL:
SÉRGIO CALADO NA GUITARRA

UM

1 VIRADA PRA BAIXO
2 CARAS E BOCAS
3 CHAPÉU DE BURRO
4 MALDITO
5 LEI DA SELVA
6 PROBLEMA TÉCNICO

DOIS

O SENTIDO DA MÚSICA 1
NÃO BOTE A CULPA EM MIM 2
NINGUÉM ALÉM DE VOCÊ 3
FUGA EM DESCOMPASSO 4
COROA DE FLORES 5
MALDITO (REPRISE) 6

MÚSICAS COMPOSTAS POR CÉSAR & CASTOR.
PRODUZIDO POR MARTINHA CASTOR E GRAVADO NO ESTÚDIO VITROLA NOVA ENTRE 30 DE JUNHO E 1º DE JULHO DE 1986.

UMA PRODUÇÃO
ARTESOUROS

"É, vou te contar, o Floriamor ferrou legal a gente. Quer dizer, ele ferrou muita gente, né? Por isso sumiu. Uma hora tudo vem à tona... É carma isso, eu acredito. Teve aquele incidente no estúdio, em que ele fez a equipe de refém e acabou resultando em fatalidade... Coitado do Lira Remo, grande saxofonista... Meu deus... Aí começaram a pipocar as notícias dos desvios de verba que o Floriamor fazia, quase faliu os amigos da Batida, vê se pode. O patife então aproveitou o blecaute pra dar no pé. Um amigo meu comentou que, ano passado, viu ele numa casinha escondida no Bosque. Depois disso, evaporou-se. Bom, ele que se dane.

Tô feliz em voltar a tocar, viu? Depois daquele rolo todo com o 'Pecados Inocentes', eu perdi totalmente a vontade de fazer um som. Peguei a graninha que tinha sobrado e investi no meu time de futebol, o Selvagens F.C., que pouco tempo depois passou a se chamar Chute Forte F.C. Até hoje atuo como presidente e técnico dos meninos lá.

Aí, umas três semanas atrás, Martinha, minha esposa, encontrou Nivaldo no supermercado, e ele comentou com ela sobre a ideia de gravar esse disco. Ah, o Nivaldo... Ele nunca parou de fazer música, seguiu compondo aquelas canções românticas (meio melosas demais pra mim, confesso) e tocando onde dava. Ele é a pessoa mais apaixonada por música que eu conheço. Fazia um tempão que eu não via ele tão alto astral.

A gente tava mesmo precisando exorcizar esse demônio." - **VALDEMAR CASTOR**

Depoimentos colhidos por Tamar Assis durante pesquisa para a reportagem "As Flores do Mal: A Espiral Decadente de Lírio Floriamor", publicada em setembro de 1985 no Caso Dado, suplemento policial do jornal "O Aguardelão"

Finalização, impressão, embalagem e distribuição DELAPRESS. DISCO É CULTURA

O INCRÍVEL BAIRRO

QUE DESAPARECEU

OS DESASTRES AMBULANTES

Começou quando trombamos com Cris, Maitê e Martinha no Festival de Oirápolis e elas falaram da preocupação com o tal Piriquito. Era um ritmo famoso no passado, movimentava um bairro todo, o cara e a música tinham o mesmo nome, lance confuso. Elas gravaram algo dele que fez certo sucesso anos atrás e tentaram trazer ele de volta, mas o sujeito não saía do bairro, dizia que tinha que acontecer lá, tinha que ser com os locais, mas o povo não queria saber disso e ele tava pensando em dar um fim em tudo. Papo brabo.

Elas nos deram umas gravações do tal Piriquito, troço bonito, bem único. Tentamos contactar alguém de lá e não conseguimos, nenhum telefone funcionava. Então, como a gente tava terminando o "Desastres em Campanha" relativamente perto, resolvemos botar o tal lugar no itinerário da viagem. E rapaz, o que foi aquilo...?

Edison Samaritano

As almas próximas que encontramos foram poucas. E pareciam se esquecer gradativamente do pouco que sabiam. Um frio esquisito e um cheiro que parecia desinfetante no ar, nós já estávamos com uma sensação de que algo estava muito errado antes de vermos o buraco com nossos próprios olhos. Não faço ideia do que aconteceu ali.

Fizemos então a única coisa que podíamos, e aproveitamos a ventura de ter Telminha viajando conosco para registrar neste disco ao menos alguns fragmentos da história do estranho fim do Poleiro.

Hotto Roriz

Lado A
1 - OIRÁPOLIS VIA FERROVIA DA ALFAZEMA *(Samaritano/Roriz)*
2 - DORMEM OS CABOS *(Cesarini/Samaritano)*
3 - A CANÇÃO DOS MORROS AZUIS *(Roriz)*
4 - DONA ROSÂNGELA *(Samaritano)*

Lado B
1 - PIADOS *(Samaritano)*
2 - TRILHAS E TRILHAS *(Roriz)*
3 - O MUNDO É UMA CRATERA *(Cesarini)*
4 - O SORRISO NAS COSTAS DO PESAR *(Samaritano/Roriz/Cesarini)*

Os Desastres Ambulantes são:
Edison Samaritano, Hotto Roriz e Telma Cesarini

Capa de Marcélia Verdecampo

Gravado e produzido ao relento no lugar mais silencioso de Aguardela por Telma Cesarini. Masterizado por André Xisto no quintal do Floresta Azul.

Que as correderias nos encontrem.

1986

TROVOADAS
beba

Era 1975 quando eu, uma piveta catarrenta numa casinha de Oirápolis, ouvi algo vindo da cozinha que me mudaria pra sempre. Assim que a mãe saiu, peguei o toca-fitas com o que quer que ela tivesse ouvindo e dei o play no meu quarto pra ter certeza do que era aquilo. No máximo volume.

Toda vez que **ONEIDE** gritava **HOJE EU SOU TROVOADA** antes de espancar todas as notas que tivessem pela frente no seu piano, eu gritava junto. Só os vizinhos sabem o quanto isso se repetiu. E até hoje se repete.

Anos depois, descobrimos que todas nós fizemos muito parecido quando ouvimos **AQUI VOU EU** pela primeira vez, assim como o mundo ao redor também é muito parecido.

Por isso trouxemos de volta o **CACO** - que, mais que um importante selo, era a sigla para **COLETIVO ARTÍSTICO CONTRARIANDO ORDENS** - ideia de Oneide e **GILDA** para fugir da mesma opressão de executivos gananciosos que teimam em botar suas patas imundas em tudo que fazemos, manchando nosso trabalho sem qualquer autorização.

Esta é uma **BANDA-MANIFESTO** retomando o poder de uma geração que abriu seu caminho à porretada. Sai da frente, que

A

1 - AQUI VAMOS NÓS
2 - MADAME E FLOR
3 - A MÁQUINA DA VÓ
4 - CIDADE FALTA
5 - O GRANDE CIRCO CHEGOU
6 - FÉRIAS EM CAMPANHA

B

1 - NO PAPEL DE PÃO
2 - VESTIDO
3 - TICO-TICO E REIZINHO
4 - LOBA MÁ (É PRA TE CHUTAR)
5 - AFOGADAS

Composto, gravado e produzido por **TROVOADAS**

TROVOADAS É:

SONINHA TROVÃO
VÂNIA AYALLA
PACHECONA
TATI NAREBA
RUTH RUBI

UMA EMPREITADA
CACO STEREO

Anotem: **DISCO É CULTURA** e não catálogo de vendas. Vocês vão se arrepender.

DUOTONE - PARA ONDE VÃO AS SOMBRAS AO ENTARDECER

LADO A

DA JANELA DO HOTEL

Da janela do hotel
Todo dia a mesma imagem
A fila de carros na estrada

Todos indo pra algum lugar
Pro bem ou mal o mundo fervilha
Enquanto eu fico aqui parada

Nada me prende
A vida é calma e pacata
Por que então eu quero explodir
O lugar que não me maltrata?

O HOMEM INVISÍVEL

O homem invisível
Sofre por assim ser
Ele não pediu por isso
Mas nasceu assim
Fazer o quê?

Então inventaram a cura
Que sonhou desde bebê
E o homem invisível
Descobriu toda a magia
Do que é se arrepender

PARA ONDE VÃO AS SOMBRAS AO ENTARDECER

Para onde vão as sombras
Ao entardecer?

Uma delas eu sei
Mas não adianta te mostrar

Se tu não consegue ver

EU COMO AS HORAS

Eu como as horas
Os dias, meses e anos
Eu como tudo que há

Não pense mal de mim
Se soubesse o gosto

Você comeria também

ROBÔ

Quem te fez, meu robô?
Quem te criou?

Meu bom robô
Quem te fez
Acertou

LADO B

SAUDADE

Tenho saudade
De quando
Eu achava
Que estava
Ficando velho

E o mistério
É que eu nunca fiquei

Nunca pensei
Em chegar
Nessa altura
Querendo
Falar sério

E o remédio
Se existe, eu nunca tomei

DENTRO DE CADA CARRO

Dentro de cada carro
Tem um corno
Dentro de cada corno
Tem um outro

Não importa se vivo ou morto
Eles têm contas a acertar

Vão sair
Vão gritar
Nada vai passar

Discutir
Atirar
Nunca vai passar

TÃO QUENTE

Sempre tão quente aqui
Sombra em nenhum lugar
Vento sopra a favor
Leva, mas nada traz

Nem sempre foi assim
Ou foi e eu não tava lá
Não se procura abrigo
Até o sol rachar

Bosque nunca será
Na terra um gosto de mar
Só algumas sementes
Pegam nesses quintais

Resta uma muda viva
Que não mudou jamais
Não cresceu nem morreu
Em todos esses carnavais

Não querer ser assim
E não querer voltar atrás
Entre o sim e o não
Sóis e luas em paz

Se a noite faz raiz
É que a copa se expandirá
O fruto que nasce ali
Naqueles galhos bestiais
Torna-se o próprio Sol

Se protejam, mortais

Sempre tão quente aqui

Duotone é Saulo Cesarini e Telma Cesarini

Músicas de Telma Cesarini / Letras de Saulo Cesarini

Produzido por Duotone e André Xisto

Obrigado, Hotto e Edison, por todas as horas de conversa e inspiração. Que as fichas não nos faltem jamais!

Da Janela Produções

CAROLINO E VIVI
DE MARISMA COM PESAR

Carolino é pedra fundamental da nossa cultura há décadas, e vem deixando sementes que geram lindas flores desde que nasceu, lá em Marisma. Vivi, claro, é o mais lindo ramo desse imenso jardim. Este álbum é a síntese dessa história até aqui, e traz algo que considero histórico: meu querido parceiro flertando com a música marísmica, muito por conta da Ruth, que ama e estuda esse estilo, um dos mais tradicionais (e renegados) aqui de Aguardela. Ouça com atenção a trinca CANÁRIO DO MAR, MODINHA DO PESCADOR e ACALMAR. Por outro lado, todo mundo aqui também olha para a frente; eu fico fascinado com o frescor de músicas como CASA TOMADA e PALMAS PARA O REI, da Vivi, e MINÚSCULOS PESARES, da querida Soninha Trovão e do Joãozinho, que agora tomou seu rumo e está lá fazendo as coisas dele. Destaco também os sambas QUEM TEM RAIZ É FIGUEIRA e NOSSA HISTÓRIA, duas novíssimas composições que olham para trás, mirando o hoje, mas sei que atingirão o amanhã. Para completar, escolhemos duas canções já conhecidas pelo público, mas que agora ganham novas cores e sabores; e, por fim, DE PAIS PRA FILHA, que escrevi para os dois amores da minha vida.

por DA GEMA

LADO UM **1. VOO A TRÊS** (Carolino e Celinha) / **2. CASA TOMADA** (Vivi Vitral)
3. DE PAIS PRA FILHA (Da Gema) / **4. CANÁRIO DO MAR** (Carolino)
5. MODINHA DO PESCADOR /ACALMAR (Carolino)

LADO DOIS **1. MINÚSCULOS PESARES** (Soninha Trovão e João Hermes Vitral)
2. ELEVADOR SOCIAL (Da Gema e Vivi Vitral) / **3. QUEM TEM RAIZ É FIGUEIRA** (Carolino)
4. PALMAS PARA O REI (Vivi Vitral) / **5. NOSSA HISTÓRIA** (Carolino e Vivi Vitral)

CAROLINO – violão / VIVI VITRAL – voz, tamborim e ganzá / DA GEMA – oboé e flauta
ORÉSTIS VITRAL – cuica e surdo / FRIDO LIRA – cavaquinho / TETÊ – surdo e pandeiro
FRANCISCO LEITE – rabeca / PACHECONA – baixo / PEREIRINHA JÚNIOR – bateria

Arranjos: CAROLINO
Produção: DA GEMA e RUTH RUBI

VIDRAÇA

TRÁS SUAS PEDRAS

LADO A

FOI MAL MÃE

SOU VIDRAÇA SIM

O PAPO AGORA É OUTRO

CAIU A FICHA (PARTICIPAÇÃO LILI, COELHO E NORATO)

TEM ALGO NO AR

LADO B

BORA COZINHAR

UM ALÔ DO MORRO (PARTICIPAÇÃO JEFERSON GONGA)

COM SAMBA OU RIMA

AQUI NINGUÉM VAI GANHAR (PARTICIPAÇÃO MAURO JAGAL)

VIDRAÇA: VOZ E VIOLÃO / HELINHO NOVATO: CAVACO / CARAMELO: BAIXO / JUJU MACÊDO: PANDEIRO
GUIMARÃES: SURDO / MAURO JAGAL: BATIDAS

LETRAS DE VIDRAÇA, LILI, COELHO, NORATO, JEFERSON GONGA E MAURO JAGAL
CAPA DE KELLY KLÊ SOBRE FOTO DE LIKA ROCHA

PRODUÇÃO DE MAURO JAGAL

A TURMA DO
JACALÉ
O SUCESSO
DAS BANCAS
AGORA EM
LP!
DelaSOM

A TURMA DO JACALÉ

Emília

Lado A

1. Jacalé na Jacalândia
2. Bem-vindo ao Pântano do Musgão
3. Oncelina é uma fera
4. Casinha da Coelha Francisca
5. O chulé do Lagartixo
6. ABC do professor Boizão
7. Brilha, brilha, Seu Estrelo

Lado Z

1. Não tenha pressa, Cagadinho
2. Zum-zum-zum
3. A bicharada toda
4. Voando com Sabiá e Sabidão
5. Cabra-cega
6. Nossa fauna
7. A turma do Jacalé

Mateus Amadeu de Morais – Jacalé
Vera Circe – Oncelina
Vânia Ayalla – Coelha Francisca
Gabriel Gabiru – Lagartixo
Jaiminho – Seu Estrelo
Rafaela Rodrigues – Sabiá
Selina Mizuno – Sabidão
Renan Pezzi – Boizão
Geraldinho Lemos – Cagadinho
Jorge Amadeu – Jorge Montanha
Carolino – Seu Peruca
Vivi Vitral – Tia Vivi

Gerente de produto: Guga Valle
Supervisão geral: Rosana Marcetto
Produção: Rita Palomino
Direção de mixagem: Rafinha Pederneiras
Arranjos e regência: Jorge Amadeu
Estúdio: Alta Definição
Técnico de gravação: Paulinho Melo
Assistente de estúdio: Oswaldo Simonetti
Capa: Emília Ferreira Paixão

Baseado nos personagens criados por Emília Ferreira Paixão

1988

DelaSOM

SILVA GODO JR.
¡SABIÁ SOUND SYSTEM
AGULHA 1988

SILVA GODO JR.

SABIÁ SOUND SYSTEM

LADO ALMA

Terra dos sonhos - 3:17
(S. Godo Jr.)
Ferro e fogo/Acendendo mais um - 3:17
(D. Elizete e M. Salvador; S. Godo Jr.)
Me declaro inocente - 2:20
(S. Godo Jr. e P. Augustos)
Me chamam de louco - 2:23
(J. Amadeu)
Visão de raio-x - 3:35
(S. Godo Jr.)
Pablito - 2:33
(S. Godo Jr. e Agulha)
Uuuuh Ha Ha - 3:13
(S. Godo Jr., P. Augustos e A. Belito)

LADO BLUES

Fora da lei - 2:50
(A. Belito)
Jogo de gente grande - 2:30
(S. Godo Jr.)
Novos vizinhos - 1:58
(S. Godo Jr.)
O voo do sabiá - 2:43
(P. Augustos)
Três em um - 2:45
(W. Bianco)
Ensopado de alma - 2:12
(S. Godo Jr. e Agulha)
No bosque já tem - 3:12
(S. Godo Jr. e P. Augustos)

Silva Godo Jr. - vocal, percussão, gaita
Pablo Augustos - guitarra, sintetizador, teclado
Marco “Agulha” Delone - guitarra
Altair Belito - baixo
Milton “Garotão” Duarte - bateria
Roberto Alimantado - saxofone
Gregório Isaac - trombone

Arte da capa: Agulha
Engenheiro de som: Paulinho Vieira
Produtor executivo: Jorge Amadeu
Produtor: Silva Godo Jr.

“Dedico este disco à minha mãe, Dona Elizete, que me ensinou quase tudo.”

uma empreitada

DORA
CONSTRUINDO
NUVENS

L A D O A

DARUMA*

A CARA FEIA DO MEU CORAÇÃO

A VER

TODOS OS MEUS EUS

A POESIA DO CONFLITO

NÃO, MEU BEM
NÃO É QUE EU NÃO ME IMPORTE

SIGO AQUI CONSTRUINDO AS NUVENS
QUE SUSTENTAM O TEU NORTE

ESTÁTUAS DE SOL E LUA*

TODAS AS FICHAS

BOTA, SAPATO, SANDÁLIA, CHINELO

ROÇA

QUEM NÃO ENDOIDOU FICOU MALUCO**

L A D O B

TODAS AS MÚSICAS COMPOSTAS POR DORA, EXCETO
* DORA E VÂNIA AYALLA
** JERRY BELLINI E TAVO DIAS

Vidraça
São Paulo
Gil

Seja bem-vindo à cidade fictícia de São Paulo, um "inferno cinzento" onde Vidraça não é um dos nomes mais proeminentes do hip-hop de Aguardela, mas sim um entregador que se arrisca com sua moto em avenidas imensas cheias de veículos em alta velocidade, ouvindo desaforo de patrões e clientes, sem tempo para fazer o que mais ama: rimar.

Sobre a criação dessa realidade alternativa, nas palavras do próprio: *"Não é que eu tenha parado pra pensar ou inventar essa coisa toda, eu só comecei a me ver lá. É tipo sonhar acordado, se fico parado um tempo e a cabeça começa a viajar, eu vou pra lá. Parece real, às vezes mais real que aqui."*

"É uma cidade gigante, do tamanho de, sei lá, cem Aguardelas somadas. Lá eu trabalho dia e noite fazendo entrega, sem tempo nem pra cuspir. Até tento fazer minhas rimas, mas o caminho pra casa é tipo uma versão bem piorada da rota Cidade Alta - Nova Oirá, leva três horas. A cabeça tá pesada quando chego de madrugada e, se eu sacrifico o sono, no dia seguinte posso morrer no trânsito caótico. Eu não encontro um jeito de conciliar trabalho, arte e vida pessoal. Mas eu não desisto. E o que eu consigo fazer é me comprometer a escrever um verso por dia, um versinho só, mas o melhor possível, da letra que eu sei que vai me tirar dessa situação. Esse disco é isso, eu contando a história do dia que eu termino essa música e tiro a primeira folga da vida pra mostrar ela num evento famoso que rola no centro. Mas em São Paulo nada é simples."

O nome do lugar não é uma referência em especial: *"Quando eu me vejo lá, o nome é esse. Já veio assim. Nem sabia que tinha esse santo, fui descobrir depois (risos). E ainda veio o nome dessa região que é outro santo, o Bento. Achei que seria confuso deixar os dois, mas gosto de ser fiel à ideia original."*

Para construir essa "hip-hópera", uma ajuda de peso: *"Nos últimos tempos, fiquei fascinado por algumas obras dos anos 70 que contavam histórias nos discos, com início, meio e fim. Mas uma delas me arrebatou: o disco que Jojô gravou enquanto estava fora da Máquina Sonora, o 'Todas as Casas' (1972, LAP), que som incrível. Ali tem uma narrativa fabulosa sem usar nenhuma palavra, só aquele baixo maravilhoso. E a última faixa termina em uma única nota fora do tom que fica se repetindo com força, parece uma metralhadora que destrói tudo que foi construído até então, faz a música quase sangrar. É um final surpreendente, dizendo tudo sem falar nada. Depois que ouvi aquilo, fiquei obcecado em ter aquele baixo no meu disco. E, por incrível que pareça, eu consegui."*

Não foi só o baixo que Vidraça conseguiu. Jojô, além de tocar em quatro faixas, produziu o disco, coescreveu "A Lua Nasce para Todos" e se encantou por essa tal São Paulo. Nas suas palavras: *"As letras mostram essa cidade imensa, assustadora, mortal e, ainda assim, cheia de vida, de um jeito que eu também me vi lá. Vidraça não é apenas um músico, é um mensageiro."*

E você, está pronto para desvendar esse lugar tão improvável? Monte na garupa da moto da língua mais afiada de Aguardela e descubra os terrores e prazeres de São Paulo!

DANIEL DE JUNHO - Oirágazine

LADO A

29 DE FEVEREIRO

ASCENSÃO E QUEDA DA LIGA DOS INVISÍVEIS

INFERNO CINZENTO (DE CANTOS COLORIDOS)

QUATRO BOCAS

MONTADO NA LUZ (INTERLÚDIO)

LADO B

TODO DIA ATROPELADO PELO MESMO ÔNIBUS

TODA NOITE, UM ANTES DE DORMIR

A LUA NASCE PARA TODOS (MAS COBRA PEDÁGIO)

SÃO BENTO

Jojô - baixo acústico e elétrico
Victoria Salza - violoncelo
Mauro Jagal - batidas e programações

Produzido por Jojô e Mauro Jagal.
Projeto gráfico da Oficina de Artistas-Mirins de Nova Oirá.
Ilustração de Givanildo Pereira.
Agradecimentos: Jojô, Mauro, Soninha, Ruth, Lili, Gema, Coelho, Edison, De Junho, Vera, Klê, Dora e todo mundo que anda junto.

Vamo que vamo.

ANOS 1990

GERALDINHO LEMOS

MAIS DEZ CANÇÕES

Autor dos clássicos *As canções de Geraldinho Lemos* (1964), *Canções para bons tempos* (1965), *Novas canções* (1966), *Outras canções* (1968), *Canções do adeus* (1971), *Canções da gaveta* (1977) e *As últimas canções* (1984), o menestrel Geraldinho Lemos está de volta com *Mais dez canções*.

A

O poço
O céu cinzento da Cidade Alta
Silêncio no quarto vazio
21 gramas
Café amargo

B

Adeus, Gioconda
Naufrágio
O Nada (em moldura de ouro)
O último terno
Me deixem em paz

Canções compostas e defendidas por Geraldo Lemos. Tricia Estefane toca violão, baixo e faz segundas vozes. Lomar Brioli toca percussão. Guti toca piano e violoncelo. Alastor Sérgio toca cravo em "Naufrágio".

Lúcia Tristão produz.

Gravado no inverno de 1990 nos estúdios Elegia.

"Por essa ninguém esperava! A grande surpresa do ano, um dos melhores discos dos últimos tempos"

Paulo Conrado (Revista Botas)

"O maior e melhor supergrupo de Aguardela"

Fabio Massa (Mondo Massa)

"A mistura perfeita entre reggae, punk e soul"

Narjara Guedes (A Estrada)

Silva Godo Jr. - vocal e percussão
George Bello - vocal, teclado e piano
Pachecona - vocal e baixo
Juras - guitarra
Jurandir Iberê - bateria
Irmãos Rocha - metais

"Não sei de quem foi a ideia de reunir esse time, mas a pessoa merece um prêmio"

Soninha Trovão

"O disco que inaugura oficialmente uma nova década e novos rumos para a música"

Alexandre Ricardo (Revista Nada Básica)

Produzido por Silva Godo Jr. e George Bello.
Capa de La Trina.

uma empreitada
CACO STEREO

Lado Um

Os. So.
(S. Godo Jr. e G. Bello)

Mundos colidindo
(G. Bello)

Sorumbático
(S. Godo Jr. e P. Augustos)

De madrugadinha
(Pachecona e J. Iberê)

Vá e veja
(S. Godo Jr.)

Abrace seu amigo
(S. Godo Jr. e Juras)

Vire o disco
(J. Iberê)

Lado Dois

InDUBtável
(S. Godo Jr.)

Brincando de vivo ou morto
(G. Bello e Pachecona)

Dia perfeito
(Pachecona)

Cadê João Belisário?
(S. Godo Jr. e G. Bello)

O choque
(Pachecona e Juras)

BOCA
BOA
DE BEIJAR
AO VIVO

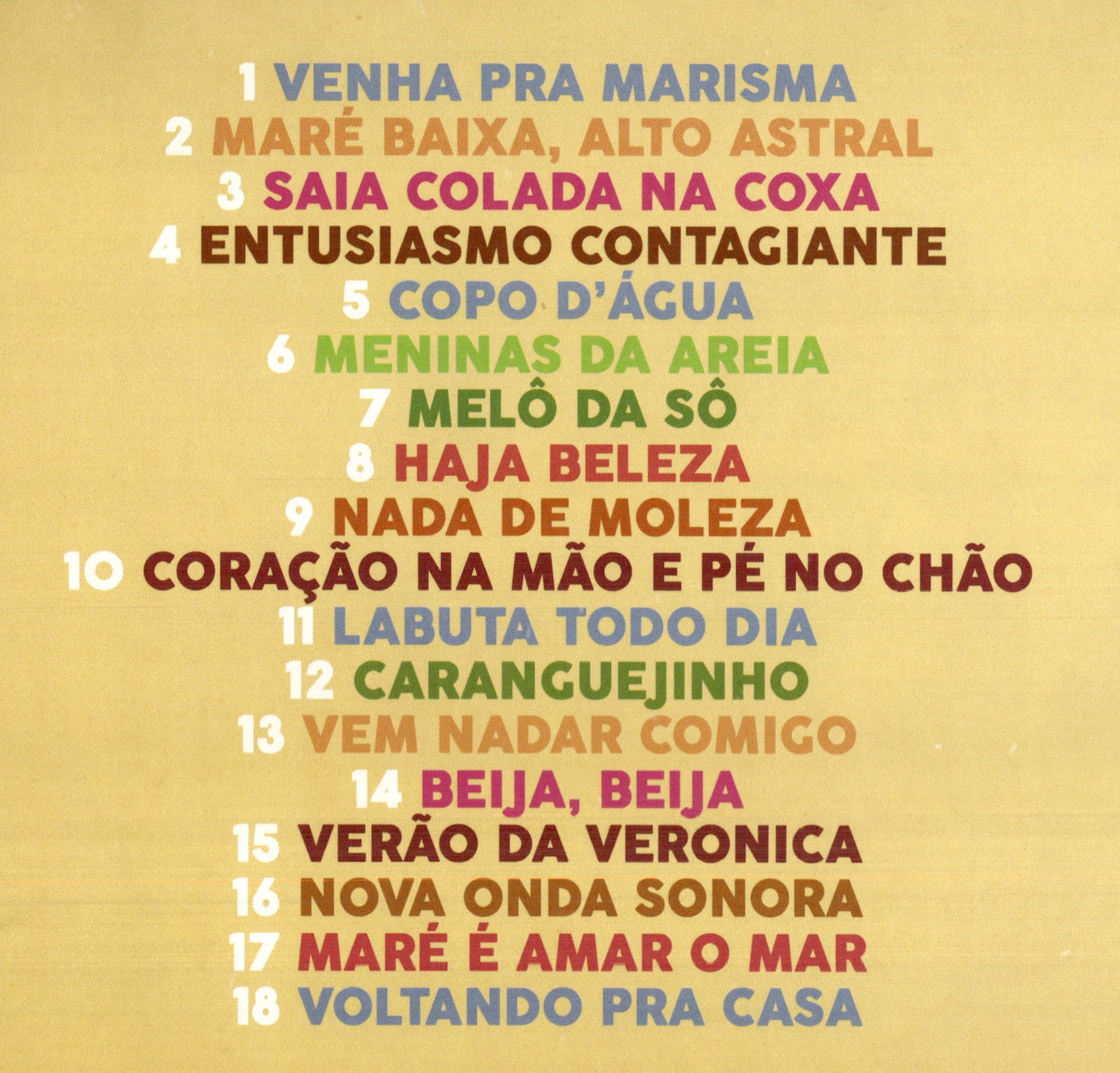

1 VENHA PRA MARISMA
2 MARÉ BAIXA, ALTO ASTRAL
3 SAIA COLADA NA COXA
4 ENTUSIASMO CONTAGIANTE
5 COPO D'ÁGUA
6 MENINAS DA AREIA
7 MELÔ DA SÔ
8 HAJA BELEZA
9 NADA DE MOLEZA
10 CORAÇÃO NA MÃO E PÉ NO CHÃO
11 LABUTA TODO DIA
12 CARANGUEJINHO
13 VEM NADAR COMIGO
14 BEIJA, BEIJA
15 VERÃO DA VERONICA
16 NOVA ONDA SONORA
17 MARÉ É AMAR O MAR
18 VOLTANDO PRA CASA

BOCA BOA DE BEIJAR É:

SOLANGE FREITAS: VOZ
IGGOR MOREIRA: VOZ E VIOLÃO
JOÃO DURVAL: TECLADOS
ORLANDÃO: GUITARRA E CAVAQUINHO
HÉLCIO TERNURA: BAIXO
BRUNINHA PIMBA: PERCUSSÃO
SILVIA ROJAS: PERCUSSÃO
JAILTON BATERA: BATERIA

PRODUÇÃO E ARRANJOS: JOÃO DURVAL

ESTE DISCO FOI GRAVADO AO VIVO DURANTE O SHOW
NA CONCHA ACÚSTICA PROJETADA POR A.M. TOSCARPA,
EM PEDRA MOLE, MARISMA, NO DIA 17 DE MARÇO DE 1992.

UM LANÇAMENTO MERENGUE PRODUÇÕES.

ILUSTRAÇÃO: PARDAL

INDEPENDENTE, PORRA!

VOCÊ TEM EM MÃOS O PRIMEIRO DISCO DO **VAGÃO 3** QUE APÓS INTENSA DISCUSSÃO FOI CARINHOSAMENTE NOMEADO

SONO, FOME E ÓDIO

O NOME VEIO DOS SENTIMENTOS QUE CONSUMIAM CADA UM DOS INTEGRANTES QUANDO SE CONHECERAM NO, ADIVINHA SÓ, VAGÃO 3 DO ÚLTIMO METRÔ CENTRO - CASCOTURVA DEPOIS DE UMA JORNADA DE TRABALHO QUE NENHUM DELES QUER REPETIR NUNCA MAIS!

ROBSON NUKE

BAIXO E VOCAL

QUEM OUVE OS GRITOS NÃO FAZ IDEIA QUE JÁ USOU ROUPA DE COELHO EM FESTA INFANTIL

ALÊ CAVERNA

GUITARRA E TECLADO

TÃO DESESPERADO PRA MUDAR DE VIDA QUE ACEITOU ATÉ FAZER BANDA COM O EX

K. KAREN

BATERIA E VOCAL

TÁ ME DEVENDO UM TAPETE DE BANHEIRO NOVO ATÉ HOJE, SUA TRATANTE

DANI.

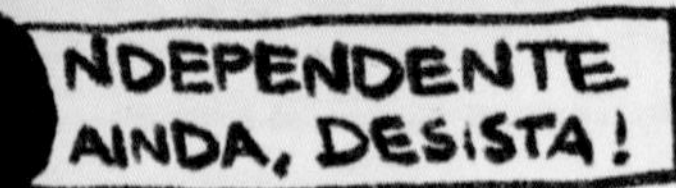

2h45

COPO CHEIO (DE VENENO)

VAGÃO 3

CONSTRÓI DESTRÓI

FOGO!

ALIENÍGENA

KAREN BAR E LANCHONETE

I*CA

ALIENÍGENA (PARTE 2)

PARTICIPAÇÃO ESPECIAL: **SONINHA TROVÃO**

⇧ ELA MESMA

- TODAS FAIXAS COMPOSTAS POR ALÊ, KAREN E ROBSON
- TODAS FAIXAS EXECUTADAS POR KAREN, ROBSON E ALÊ (SATISFEITOS?)
- PRODUZIDO POR RUTH RUBI (SÉRIO!)
- GRAVADO EM LUGARES MISTERIOSOS DA UNIVERSIDADE DE AGUARDELA
- ARTE E TEXTOS DA CAPA PELA DIVINA MARAVILHOSA E RELUZENTE DANI.X ♡

O **VAGÃO** (NÃO AGÜENTO MAIS ESCREVER ESSA PALAVRA!) AGRADECE: SONINHA e RUTH (100× CADA UMA), WILL, CASTOR, CORINA, ROCHELL, DANI (SÉTIMA DA LISTA? CÊS ME PAGAM! -ALIÁS QUEM ME DERA SE ME PAGASSEM-), OSWALDO, TELMA, LILI, ALF, HELENA E VOCÊ QUE COMPROU ESSE FUTURO CLÁSSICO! ÀS IRMÃS E IRMÃOS DO CENTRO-CASCOTURVA: VENCEREMOS!

DANI.X

O SINDICATO
ERA UMA VEZ NO
FIM DO MUNDO

Posso me considerar um sujeito de sorte. Não é todo dia que a gente é convidado para apresentar um clássico de uma das bandas mais corajosas que já se viu. E eu tive esse privilégio por três vezes.

Quando escrevi na *Botas* a matéria sobre o primeiro trabalho do Sindicato, "Truco", era 1976 e nós não fazíamos ideia da quantidade de água que passaria debaixo dessa ponte. Nos conturbados anos 80, veio "Ouro", terceiro álbum, que marcou a estreia de Herta Calado nos teclados e percussão. Dessa vez com meu texto na contracapa, onde frisei a grandeza e humildade da banda em se deixar influenciar pela então nova geração que tanto havia bebido de seus trabalhos anteriores.

Mas, dizem os sábios, estabilidade é mudança, e o Sindicato chega na nova década chutando a porta, como sempre, e aqui estou eu mais uma vez diante de uma obra monumental.

Em uma época na qual a música raramente surpreende, "Era uma vez no fim do mundo" consiste em um ambicioso projeto multimídia: a fantástica narrativa musical que está neste disco é complementada pela versão cinematográfica dirigida por Juliana Lippi, com Sérgio Calado no papel principal em atuação elogiadíssima.

Mas por aqui vamos nos ater à música: ao longo das nove faixas mais complexas, ácidas e irônicas que a banda já concebeu, acompanhamos a saga de Carlos, balconista de videolocadora que parte em uma jornada por uma Aguardela pós-apocalíptica para encontrar a mãe e acaba se deparando com toda sorte de estranhezas pelo caminho.

Mas não pense que, ao enveredar pela ficção, o Sindicato abandonou seus característicos questionamentos sociopolíticos: "Era uma vez no fim do mundo" é uma obra que parte de alegorias para falar de questões reais que se anunciam por todos os lados.

Pois é fato que tem algo sombrio acontecendo em Aguardela, das crescentes mudanças na geografia e fauna, que desafiam explicações, aos desaparecimentos de pessoas, edifícios e até territórios inteiros. Quão frágil é o lugar que chamamos de casa? A quem interessa destruir a vida como a conhecemos?

Enquanto o vento não traz as respostas, o Sindicato continua fazendo o que faz de melhor: música que não é só música. É muito mais que isso. ***(Paulo Conrado)***

1. **Meu nome é Carlos** (6:48)
2. **O que eu faria por uma cerveja** (2:37)
3. **Cachorro de asa, lagarto de bigode** (4:03)
4. **Aproveite a vista** (6:18)
5. **O sem-boca** (4:15)
6. **Próxima parada: lugar nenhum** (5:40)
7. **Bem-vindo ao bunker bilionário** (2:36)
8. **O bosque de todas dimensões** (8:11)
9. **Era uma vez no fim do mundo** (5:59)

O Sindicato é Sérgio Calado na guitarra e vocal, Mino Farias no baixo e vocal, Herta Calado no teclado, percussão e vocal, e Cachorrão na bateria. Todas as faixas compostas pelo Sindicato, baseadas no roteiro de Sérgio Calado e Juliana Lippi. Produzido por Pedro José. Gravado no Onda Torta em 1993.

Capa de Saldanha Martins.

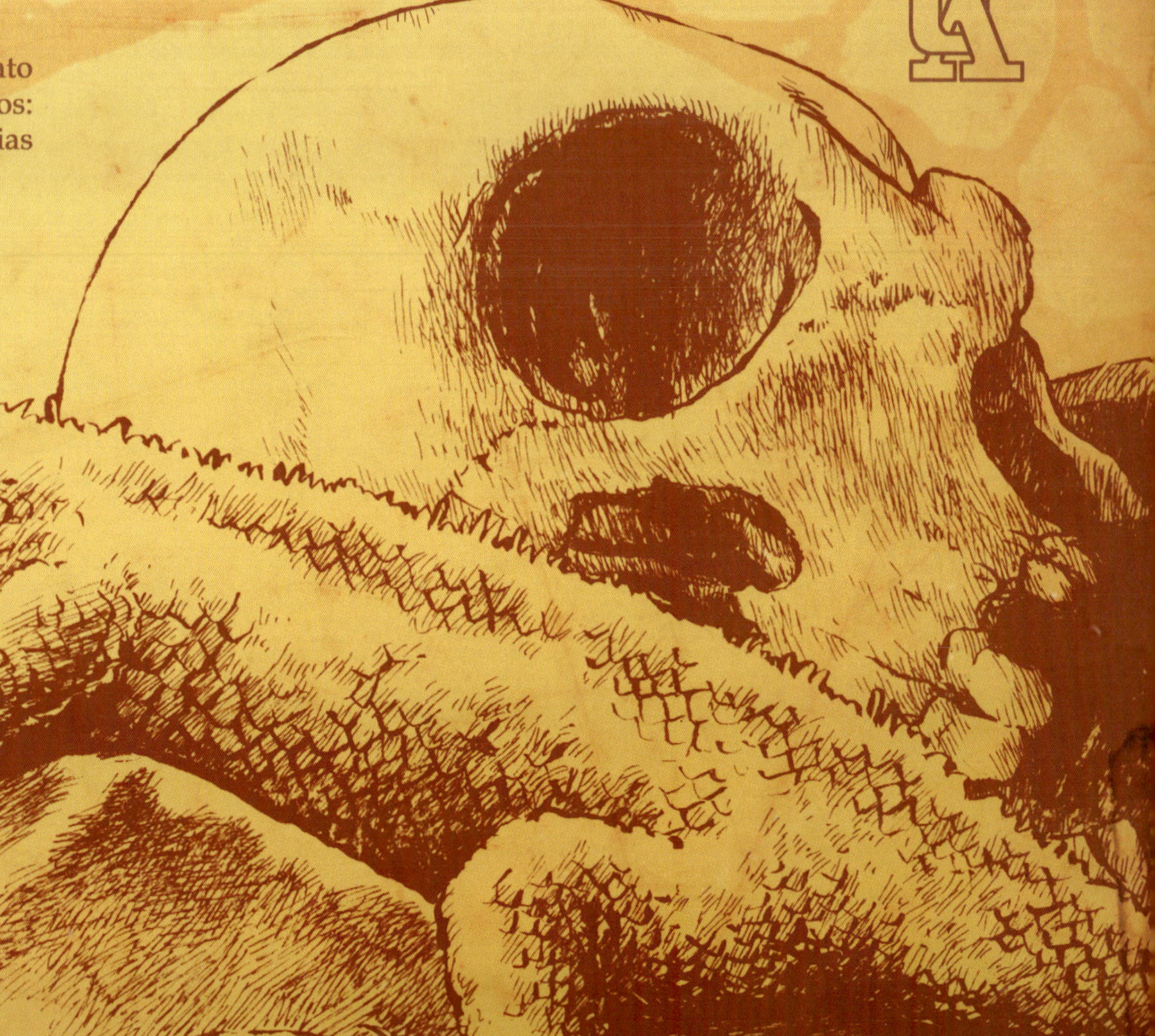

VIDRAÇA
G
O·SAPATEIRO

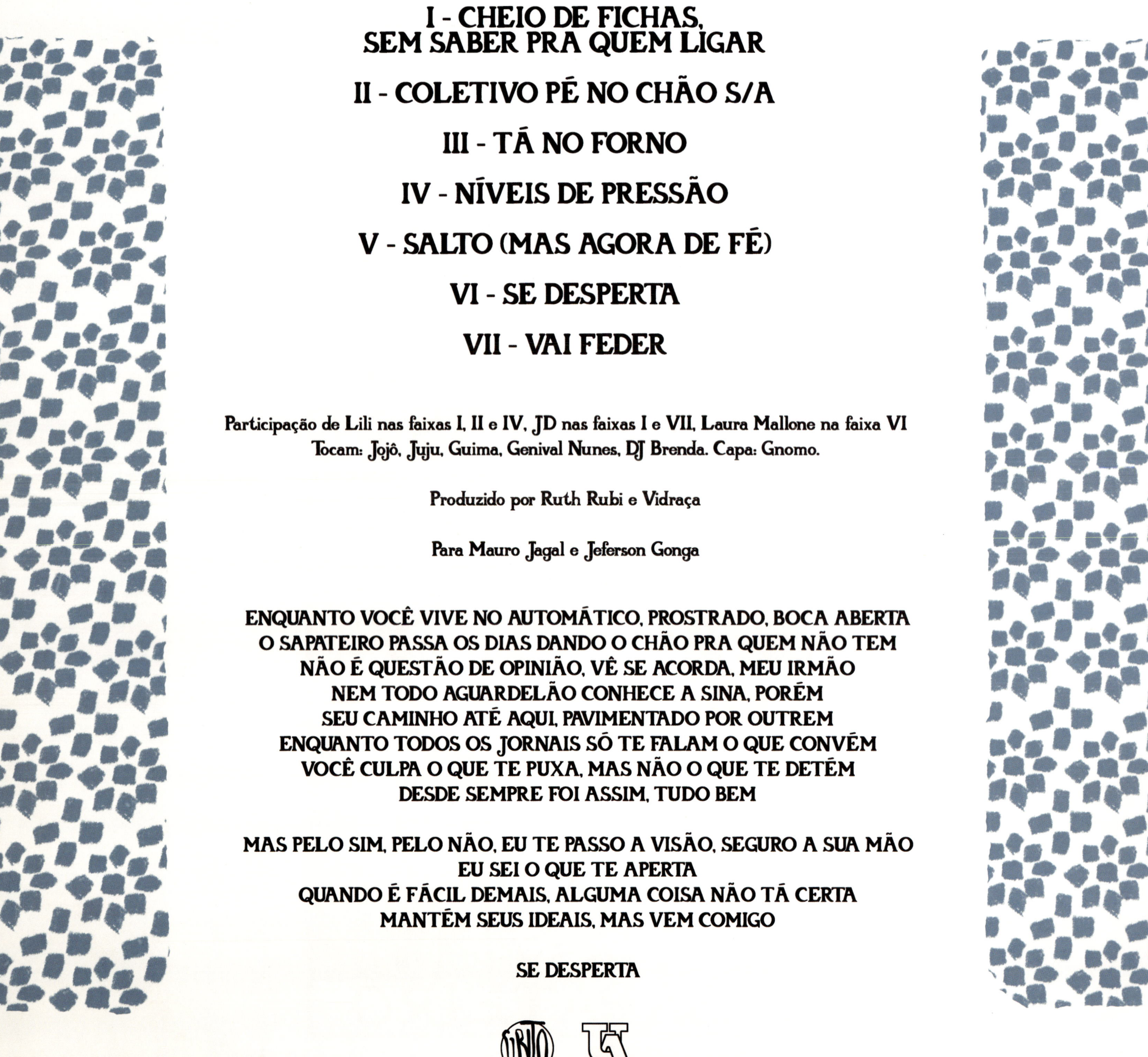

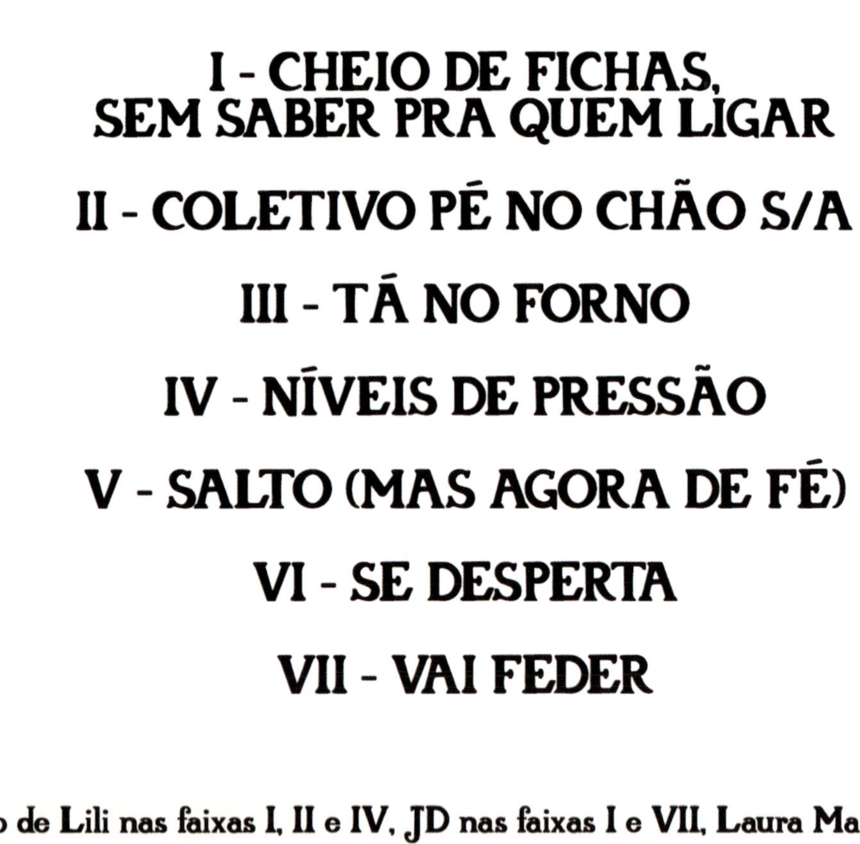

I - CHEIO DE FICHAS, SEM SABER PRA QUEM LIGAR

II - COLETIVO PÉ NO CHÃO S/A

III - TÁ NO FORNO

IV - NÍVEIS DE PRESSÃO

V - SALTO (MAS AGORA DE FÉ)

VI - SE DESPERTA

VII - VAI FEDER

Participação de Lili nas faixas I, II e IV, JD nas faixas I e VII, Laura Mallone na faixa VI
Tocam: Jojô, Juju, Guima, Genival Nunes, DJ Brenda. Capa: Gnomo.

Produzido por Ruth Rubi e Vidraça

Para Mauro Jagal e Jeferson Gonga

ENQUANTO VOCÊ VIVE NO AUTOMÁTICO, PROSTRADO, BOCA ABERTA
O SAPATEIRO PASSA OS DIAS DANDO O CHÃO PRA QUEM NÃO TEM
NÃO É QUESTÃO DE OPINIÃO, VÊ SE ACORDA, MEU IRMÃO
NEM TODO AGUARDELÃO CONHECE A SINA, PORÉM
SEU CAMINHO ATÉ AQUI, PAVIMENTADO POR OUTREM
ENQUANTO TODOS OS JORNAIS SÓ TE FALAM O QUE CONVÉM
VOCÊ CULPA O QUE TE PUXA, MAS NÃO O QUE TE DETÉM
DESDE SEMPRE FOI ASSIM, TUDO BEM

MAS PELO SIM, PELO NÃO, EU TE PASSO A VISÃO, SEGURO A SUA MÃO
EU SEI O QUE TE APERTA
QUANDO É FÁCIL DEMAIS, ALGUMA COISA NÃO TÁ CERTA
MANTÉM SEUS IDEAIS, MAS VEM COMIGO

SE DESPERTA

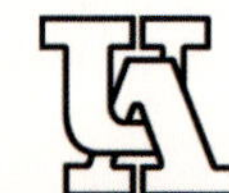

Paticerros,
1989

JD: vocal e pickup
Felipe Grave: vocal
Guru Anderson: guitarra
Treze: baixo
Rafa Japira: bateria

1. Sobrevivendo em Paticerros /Saia daqui agora
2. A grama é amarga
3. Vomitando coelhinhos
4. Gorjeta obrigatória
5. Donizete, o barbeiro
6. Monstro do pântano
7. Não tem metrô pra cá
8. Cidade quebrada (part. Vidraça)
9. Lugar impermanente
10. Rota de fuga
11. Agora! Já!

Produzido por JD.

Ilustras de Felipe Grave.
Um agradecimento ao mano Vidraça e um salve pro Coletivo Pé no Chão.

Letras e músicas de JD, usando trechos de:
"Saudade brava" (música dos Arapongas, versão de Evandro Calmim - cortesia da LAP Produções) em "Sobrevivendo em Paticerros"; "O homem invisível" (de Telma e Saulo Cesarini) em "Donizete, o barbeiro"; "Estrela maior" (de Dora Conceição) em "Não tem metrô pra cá"; "Sala de estar" (de Jojô - cortesia da LAP Produções) em "Lugar impermanente".

CASTELO JOSÉ
Nunca tinha visto uma loja de caixão
QUANDO CHEGUEI NAS RUAS DE NANUVIA TUDO PARECIA CALMO
SEO · JOSE · VENDE · PEIXE NA ESQUINA DA COLVECEIRA COM A
DAS RELVAS
CRVG
CA

minha
86
Dora mora aqui
MEDO DELA
SOME
VENDI MINHAS MEIAS E VOLTEI PRA CASA SEM
Não tem nada
SALTECO SEJO
Barraca da Bebel
ONTEM-AMANHÃ
ÔJE

duatone
noites claras
dias escuros

Tanta coisa aconteceu desde que botamos "Para onde vão as sombras" no mundo. Aquele disquinho amador feito em casa com um teclado e um microfone nos deu tanto. Os que vieram depois nos trouxeram experiência e amadurecimento para transpor nossas barreiras e, aos poucos, esse mundo preto e branco ganhou tons. Mesmo que a natureza da nossa música não permita que façamos apresentações ao vivo, ela chegou até as pessoas e isso fez as pessoas chegarem até nós. E por que existe arte, senão para conectar nossos universos interiores?

Que não nos falte a coragem de dizer sim.

1. Cada esquina virada é um novo mundo
2. Zumbis
3. Carta amarela
4. coleção
5. minha caixa preta
6. livrinho
7. Duas quatro seis mãos
8. harpias não têm medo de nada

Duotone é:
Saulo Cesarini: guitarra, violão e baixo / Telma Cesarini: teclado e voz

Convidados:
Hotto Roriz: piano e voz em "Zumbis" / Edison Samaritano: percussão e voz em "Zumbis" / JD: bateria eletrônica e programações em todo o álbum e voz em "Cada esquina virada é um novo mundo" e "Duas quatro seis mãos"

Não estaríamos aqui sem Hotto Roriz, Edison Samaritano, Dani X e nosso novo "trigêmeo" JD.
Obrigado de coração, nós não merecemos vocês.

Produzido por Duotone e JD. Capa de Dani X e Telma.

CACO
STEREO

CASA

6

Até onde minha memória alcança, a coisa foi assim...

Em 1984, eu fui morar na casa 37 da rua Nobre Calado, em Nanúvia. O local foi naturalmente se transformando num ponto de encontro de gente interessante e, em 86, tivemos a ideia de registrar em disco aquela grande farra que acontecia praticamente todo dia. Foi lindo, mágico e se tornou um marco.

A casa foi vendida e demolida algum tempo depois. Hoje, naquele endereço tem um desses prédios empresariais caretas, com fachada de espelho e sem nenhuma personalidade.

Corta pra dez anos depois. Começou a me bater uma saudade imensa daquela época, daquela casa e daquele pessoal doido. Comentei com a Ruth, e ela veio com a ideia de retomar o conceito original e gravar algo novo, com outra galera, em um lugar especial. Pela entonação, eu sabia que ela já tinha algo em mente. E antes que eu perguntasse, já emendou com os olhos brilhando: "Praça do Louro, número seis. O Aravena."

Pra quem não tá muito ligado: existe a música de Aguardela antes e depois do Aravena. Tudo começou lá, em 1950, com a chegada da Dorinha e a posterior gravação do "Noites no Aravena". Em 1966, o bar/lanchonete/casa de shows ganhou mais três andares e um terraço, e passou a se chamar Gaiola, a boate mais emblemática da nossa história. Foi assim até 1980, quando a discoteca fechou e o lugar virou a sede de uma empresa de advocacia. Uma tristeza. Mais de trinta anos da melhor música do mundo sendo criada numa mesma esquina e, de repente, fim.

Coisa vai, coisa vem, o prédio foi desocupado, ficou abandonado por quase uma década e recentemente foi adquirido por um grupo de pintores denominados "aravenistas". Eles toparam na hora a nossa proposta de nos reunirmos ali por uns dias e fazermos uma nova bagunça.

Ao pisarmos nesse santuário, a inspiração bateu forte e tudo fluiu muito naturalmente. Sem brincadeira, as paredes do lugar ressoam de maneira única, nunca vi nada igual. Parece que nasceu para abrigar música... E para receber os convidados que tanto me ensinaram durante esses dias deliciosos.

Que a história do Aravena nunca seja esquecida.

Soninha Trovão

LICEU DO SEU ARAVENA
VOZ DE ESTÁTUA
NOITADA
6 E 37
SÓ MAIS UMA
NÃO SÊI ACÊNTÚAR
CHUVISCO (BOLINHO DA ROSE)
TRÊS DA MADRUGADA
POMBAS!
MELÔ DA LEILA

TUDO ESCRITO, CANTADO E TOCADO POR TRINA DA O.S., J.TAY, VIDRAÇA, JD, JOJÔ, VÂNIA AYALLA, JORGE AMADEU, JURAS, ALÊ CAVERNA, JURANDIR IBERÊ, CRIS FOGO, GEORGE BELLO, EDINHO MACIEL, ALICE ASSUMPÇÃO, FÁBIO TATU, IRMÃOS ROCHA, SOLANGE FREITAS E SONINHA TROVÃO

Participação mais do que especial da musa Leila Aravena.

Para Dora, Oneide, Tôezinho, Gilda, Reginaldo, Laurindo, Vevo e Celinha.

Capa de Humberto Filgueiras

PRODUÇÃO DE RUTH RUBI

C A S T E L O
J O S É

ste.

1 Dolores

2 – DONDE DÓI?

3 DOCE DÓLMÃ

4 Domingo Dourado

5 Dom Donato

6 DOBRA DORSAL

7 dorme doido

8 DOLOROSA DOUTRINA DO DOUTOR

9 regina

CAROLINO

BATIDAS E CANTOS QUASE SOBRENATURAIS

VOLTANDO PRO COMEÇO
PEDRA MOLE
ESTALEIRO
MEU SALVADOR
PEDAÇO DE TERRA QUE É MEU

FOI MEU NETO QUE MOSTROU
GIREI, GIREI, VOLTEI
MAR ESCURO
ORIGEM/FIM
HINO DE MARISMA

COMPOSIÇÃO E ARRANJOS: CAROLINO
PRODUÇÃO: VIDRAÇA

"AO SAIR DE CASA, SENTI QUE ME APROXIMAVA.
AO PASSAR PRO LADO DE LÁ, SÓ PENSAVA NO OUTRO CÁ.
QUEM NASCEU NO MAR NÃO VÊ OUTRO LAR.
MUITO JÁ SUBI, MUITO JÁ DESCI
MAS, DE TUDO QUE VI, SÓ ME RESTA O AQUI."

JÚLIA BORGES, DO LIVRO "PRA LÁ DA BEIRA-MAR"

C.F.
F.C.

INVISÍVEL, DESAFIO ENCONTRAR
(NOS SEMINÁRIOS DOS DOUTORES)
FATO É QUE, IMAGINA,
MUITO ANTES DE USINA
JÁ EXISTE UMA OIRÁ

CIDOCA, RAGGABASH, TIA ERCÍLIA
MARI DAS DORES
DOS POETAS DA MINHA VIDA
VOCÊ NUNCA OUVIU FALAR

DA OIRÁPOLIS SUL
EU SOU TRINA, SEM O LA
COMO CASTELO, TENHO DÓ
DE QUEM NÃO SABE DE COR
A HISTÓRIA DA O.S.

POUCAS PRAÇAS, MUITAS FLORES
ATÉ MESMO OS DETRATORES
INVEJAM A FALTA DE SENHORES
A CIDADE DOS MEUS AMORES
NÃO FOI FEITA PRA AMADORES

NENHUMA DESSAS VERDADES
NINGUÉM NUNCA TE DISSE (DISSE?)
QUE TAL UMA TARDE NA O.S., VERA CIRCE?

CHEIA DE PEDRAS NA MÃO
CONVOCO A OIRÁ DO NORTE
TRAZ PRA RUA SUAS VIDRAÇAS, O.N.

VAMO VER QUEM TÁ COM A SORTE

SEIS HORAS, DEZ SEGUNDOS
LIÇÃO DE HUMILDADE
O FUNDO DO POÇO
CALMARIA
QUAL VAI SER
AINDA AFOGADAS
ME MATA NÃO, CF

TRINA OS
J. TAY
MC SOFIA
LUCAS BIZU

PRODUZIDO POR J. TAY - GRAVADO NO CORRE
TRECHO DE "AFOGADAS" CEDIDO POR TROVOADAS

PARTICIPAÇÕES:
SILVA GODO JR. E JURAS EM "O FUNDO DO POÇO"
XUXU EM "QUAL VAI SER"
L. BONÃO EM "ME MATA NÃO, CF"

AGRADECEMOS A GODO JR., JURAS E OSSO, INÊS,
RENATINHO, TÂNIA BIZU, VAL, CARROÇA E SONINHA

TRINA VESTE YEYÊ LAZEMBI - CAPA POR TRINA E YEYÊ

UM SALVE PRA ESCOLINHA DO CHUTE FORTE, ONDE TUDO COMEÇOU

os desastres ambulantes
Montanhas de Sal
Nova Oirá
Cidade Alta
Bosque dos Fados
Paticerros
Fidegália
Velha Aguardela
Nanúvia
Marisma
Morro de Pesar
Campanha
Oirápolis
carta celeste
TELMA C.

Em 1970, partimos em uma viagem por tudo que nos rodeava, sem saber ao certo que "tudo" era esse. Agora que temos uma boa noção dele, com seus bairros que abrigam dezenas de subculturas, quarteirões que desenvolveram sua própria linguagem e vilas que parecem se estender por milhares de quilômetros, podemos dizer com toda certeza: Aguardela é imapeável. Ainda assim, nós fizemos o nosso melhor.

1 **A mesma praça** - Hoje chamado de "Velha Aguardela", o entorno da Praça do Louro já foi também "Centro", mas décadas atrás era simplesmente "Aguardela". Como pode uma pracinha com meia dúzia de casas se tornar isso tudo? (E.S.)

2 **O que a estrada tem a dizer** - Como eu sempre estive pelas bandas de Paticerros, tive que olhar de fora pra perceber que todo mundo vê o lugar como uma estrada gigante e só. Não fazem ideia do universo que existe entre os acostamentos e os quartos dos albergues, pois mais de vinte horas de travessia pedem algumas paradas. (H.R.)

3 **Quando cai a pompa** - Fidegália é um cartão postal em si. Pessoas que nunca pisaram lá escrevem declarações para um lugar que só existe na cabeça delas. Melhor pra elas que continue assim. (E.S.)

4 **A festa do caos** - Na nossa viagem, passamos por Nanúvia três vezes, e a cada uma delas suas ruas estavam mais estreitas, mais tortas, mais coloridas, mais brilhantes. E o que dizer de um povo que tem mangueiras nas varandas pro alívio do calor dos visitantes? (H.R.)

5 **Nas alturas** - Que dias intensos passamos no Morro de Pesar. Quantos festejos por dia alguém pode aguentar? Mal dá tempo da gente entender de onde vêm os versos melancólicos que são escritos por lá. E que pernas fortes tem aquele pessoal. (E.S.)

6 **Cicatrizes** - Convidamos Jorge Amadeu para voltar às Montanhas de Sal. As "feridas abertas por cumes pontiagudos" ainda doem? (H.R.)

7 **Onde não se pode ver** - Com seus próprios mistérios e leis, acho que falo por nós dois quando digo que o Bosque é nosso lugar preferido no mundo. (E.S.)

8 **Contos das profundezas** - Marisma é diferente até no ar: fresco e salgado, parece limpar o corpo de tudo que tem dentro. A gente quase que flutua depois de algumas inaladas. Dizem que quem passa muito tempo nessa não consegue mais sair de lá. Literalmente mesmo. Que vontade de pagar pra ver. (E.S.)

9 **O fogo canta uma canção** - Passamos por muitos lugares fervilhantes, onde os dias viravam semanas e meses num estalar de dedos. O tempo nasceu pra acelerar, afinal. O único lugar capaz de pará-lo é Campanha, com suas fogueiras mágicas que fazem madrugadas frias durarem pra sempre. (E.S.)

10 **Um homem só** - A visão do vazio que Vevo deixou nunca vai ser corriqueira. (E.S.)

11 **Ladrilhos coloridos** - Periferia da Cidade Alta, Oirápolis nasceu da necessidade, e por isso sabe desde sempre o valor das coisas - tanto das físicas quanto das imateriais. Só quem vive pelo coletivo tem a receita pra fazer o lugar certo. (H.R.)

12 **Mastigado e cuspido pela Cidade Alta** - Bem, talvez Vera tenha mentido para você. (H.R.)

13 **A N.O. é vanguarda, rapá** - De mais um delírio da Cidade Alta, nasceu outra Oirá, tão indomável quanto a irmã mais velha. Na fatídica Virada, abraçou a arte que era perseguida por figurões e tornou-se berço de uma Nova Aguardela. Mas deixamos Vidraça explicar melhor. (H.R.)

Os Desastres Ambulantes são Edison Samaritano e Hotto Roriz.
Gravado no jardim do Hotel Cesarini por Lilo Lombada. Capa por Telma Cesarini.

DUOTONE PRESENTES E LEMBRANÇAS LTDA.

DUOTONE PRESENTES E LEMBRANÇAS LTDA.

"ENVELHECER É UMA MERDA, MAS NOS DÁ O MELHOR PRESENTE DO MUNDO"

IRONICAMENTE, FOI GRAÇAS A ESSE PRESENTE QUE ENTENDI A FRASE EM SI, ANOS DEPOIS DE OUVI-LA DE UM AMIGO BASTANTE SÁBIO.

DURANTE MUITO TEMPO, EU LUTEI CONTRA TUDO QUE TINHA DE ESTRANHO DENTRO DE MIM. ESSA LUTA É O QUE CHAMO DE CARREIRA.

FINALMENTE A LUTA ACABOU. E, SINCERAMENTE, EU ESPERAVA GANHAR OU PERDER, MAS NÃO ME APAIXONAR PELO ADVERSÁRIO.

ESTA É MINHA LOJINHA DE MONSTROS, VENENOS, MALDIÇÕES E TODA SORTE DE OBJETOS QUE INFLIGEM DOR.

ABERTA 24 HORAS, COM TODO O AMOR DO MUNDO.

VELHA FUMANTE
VIDRINHO ROXO
QUEM DIRIA, SOLIDÃO
SOCO INGLÊS
O GIGANTE DE PATICERROS
X X X
QUEM SANGROU MAIS DO QUE EU
LIVRO DAS SOMBRAS QUE RETORNARAM
SAULO

PARA DANI X.

DUOTONE É TELMA CESARINI.

ARMARINHO
NOVA

VENDE TUDO
COMO EU FARIA
UM QUILO DAQUILO
SEGURE FIRME
CADÊ A JÉSSICA?
SEXTA À NOITE
SÁBADO DE MANHÃ
COCHILANDO NO ÔNIBUS
VAGA-LUMES (PART. JD E FELIPE GRAVE)
SALVE, PROFESSORA
O QUE VEM POR AÍ

Soninha Trovão na guitarra e voz. Com: Robson Nuke no baixo, Paula Tenzin na bateria e Pedro José no teclado. Produção de Ruth Rubi.

Tive que começar a dar meus pulos ainda bem jovem, assim que saí da casa dos meus avós. O primeiro trampo que consegui foi no Armarinho Gomes, da querida Dona Cátia Gomes, que ficava na esquina da rua Octávio da Costa com a travessa Anita Florêncio, pertinho do Largo da Fermata, na Cidade Alta. Tô parecendo guia de turismo ultimamente, né? Mas é que esses lugares são importantes pra minha história... Então não enche o meu saco. Fui balconista ali por quase três anos, até um mês depois do lançamento do "Chacina", da Féretro.

Ali na rua Octávio da Costa, tinha uma das lojas da Jacaletro, que além de eletroeletrônicos, vendia discos. Passei a frequentar o local regularmente, logo nos primeiros dias no emprego novo. O que me ganhou foi uma seção chamada "pepitas de rubi", nada mais que uma caixinha com LPs maravilhosamente bem selecionados. Eu podia comprar qualquer disco dali sem medo, era garantia de coisa fina.

Pouco tempo depois, uma ajudante geral da Jacaletro começou a passar no Armarinho todo santo dia, pontualmente às 13h15, pra comprar um docinho chamado "tamborzinho" e tomar o nosso café cortesia. Tímida pra dedéu. Mas eu puxei papo, lógico. Era a Ruth... Ruth Rubi! Ao ouvir esse sobrenome, fiquei felicíssima! Nunca encontrei uma pessoa tão diferente de mim com gostos tão parecidos. Resumindo: a gente não se largou mais.

A Ruth corria pra me avisar quando algum dos nossos ídolos entrava na loja (tá pensando que só eu curtia aquelas pepitas, é? Foi virando uma parada lendária entre a comunidade da música). Graças à minha boca grande, foi ali que conhecemos Verinha Circe, Alice Assumpção, Arnaldo Lippi, Bete Brilho, Jorge Amadeu... Uma galera muito maneira. Foi naquela rua que tudo começou... e nunca vai terminar.

Soninha

Guardei as pedras, aceitei o convite
Não me contive
Encontrei minha cidade
Só que de cabeça pra baixo

Olho pra cima
Pensando em onde eu me encaixo, mas acho
E também acho a minha rima que firma
O compromisso entre a menina
Que é só finta no gramado (minha sina)
E o cabra que o jornal diz que tá amalucado
Quanta gente avoada não dá conta do recado
Toma vergonha nessa fuça de madeira, Caso Dado

O que tamos cozinhando não sai hoje
É pro futuro, irmão
Um conto de duas Oirãs
Trina e Vidraça, Pé no Chão
O espelho tá aí
Quem tem coragem de olhar?

Trina OS / J.Tay / MC Sofia / Bizu

Participação de Vidraça nas faixas 2, 3, 4 e 5,
L. Bonão na faixa 7 e Silva Godo Jr. na faixa 8

Produzido por J.Tay e Vidraça
Gravado na OS, mixado na ON

1. MEUS CADÁVERES JÁ ENCHERAM O METRÔ
2. FOTOCÓPIAS
3. AVISO SEMPRE TEM, FALTA QUEM OUÇA
4. TROCA/TROÇA
5. O BURACO NA SUA COLEÇÃO
6. MEU SAPATO
7. SÓ ME COBRA QUEM TEM TÍTULO
8. TODO MUNDO SABE O QUE É MELHOR PRO OUTRO

"A loucura da música
é que tem duas formas
de interpretar a loucura da
música. Uma interpretação são
duas jabuticabas andando lado a
lado, observando o linguajar das
ondas. A outra loucura são dois
jacarés que estão caminhando e
comendo framboesa com cereja, que
dá um gosto peculiar às coisas
divinas do universo. Agora, o
universo é que nem uma plantinha
que vai crescendo, vai
crescendo, até chegar
ao léu."
Todas as faixas
foram escritas
e compostas por
Jorge Amadeu.
Montanha do julgamento
Terror de quatro braços
Vida vs. antivida
Retorno do guardião
Pílula da paranoia
Reino dos malditos
Efeito ômega
Vou encontrar você no ontem
Convidados alucinados
Até os deuses devem morrer
Cães famintos
Jorge Amadeu:
piano e teclado
Alexander Gordin:
guitarra
Rita Carvalho:
baixo
Gu Vícola:
bateria
Marisa Palomino:
percussão
Capa: Jorge Amadeu
Produção: Ruth Rubi

OMELHORD
ECASTEL
OJ OSÉ

OMELHO RDECAS TELOJO SÉ

SUA BOA MÚSICA É O TORMENTO DO SEU VIZINHO

O AGUARDELENSE E O AGUARDELÃO

TELEPORTE ENTRE OIRÃS

MENINO FEIO

ENTREI NA CAIXA E VIREI ROBÔ

MINHA CANOA FOI FEITA COM TREZENTOS E SETENTA E DOIS PAUS

EU ORO TU ORESTES ELES ONERAM

MOTOR DE BARRIGA

CASTELAREMOS

"Castelo José é completamente doido", foi o que pensei antes de conhecer o homem, tendo como base somente a audição de seus primeiros trabalhos.

Quando cheguei nas ruas de Nanúvia tudo parecia calmo (1994) foi presente de Telinho Calixto, um daqueles amigos que não ouvem nada que tenha mais de cinco ouvintes: "isto aqui não tem nada igual", disse em tom sério, olhos arregalados. Não mentiu. O álbum é uma única longa canção na qual o narrador desce a indefectível Rua dos Candelabros, antiga área nobre de Nanúvia, que desde então não parou de mudar e hoje abriga bares, brechós, ambulantes de todos os tipos e, claro, a infernal Feira do Entornado (tão abrangente que, certa feita, um conhecido adquiriu lá um pé humano empalhado). É nesse cenário que Castelo faz seu interminável repente descritivo, que vai da valsa ao rap, passando pelo jazz, rasguido e batuque e abrangendo conversas aleatórias com transeuntes, depoimentos das figuras mais insólitas e até uma ameaça de morte.

O dó (1996) saiu logo em seguida e é talvez a ideia mais absurda já registrada em álbum musical: a história de um relacionamento que leva o protagonista à total estagnação, metaforizada em faixas que inicialmente se detêm nas possibilidades do tom de dó, mas logo vão perdendo harmonia (e melodia) até culminar na penúltima, na qual durante quase sete minutos não se ouve absolutamente nenhuma nota que não seja dó - tornando o ritmo o protagonista de uma das mais improváveis sinfonias já feitas. E não me lembro de ter sido tão impactado por uma subida de tom como quando finalmente entramos no ré - e em suas agora infinitas possibilidades - na canção derradeira.

Diante disso, eu precisava conhecer o homem, e assim o fiz. Precisava saber que tipo de mente idealizaria e executaria essas ideias completamente sozinho do início ao fim, compondo, tocando, cantando, gritando, desenhando, prensando e distribuindo algo tão único. E fui recebido por um homem comum, em uma casa comum para uma conversa estranhamente comum, na qual ele me contou sobre o que seria seu próximo lançamento - este que você tem em mãos.

Não, ***O melhor de Castelo José*** não é uma coletânea. Nenhuma dessas músicas jamais foi gravada antes. E elas contam uma história tão pouco ortodoxa e tão fabulosa quanto as dos primeiros discos, mas a melhor maneira de recebê-la continua a mesma: não sabendo nada sobre ela de antemão e deixando o álbum contar mais um capítulo dessa epopeia tão incrível quanto inusitada. Pois quem chegou até aqui sabe o quanto esse título é certeiro: o melhor de Castelo José é sempre o último.

E agora que descobri que tudo isso está dentro da cabeça de um dos homens mais comuns que já conheci, posso dizer com toda certeza:

Castelo José é completamente doido.

Castelo José

Nova Oirá - Aguardela, 1999

ASSASSINO

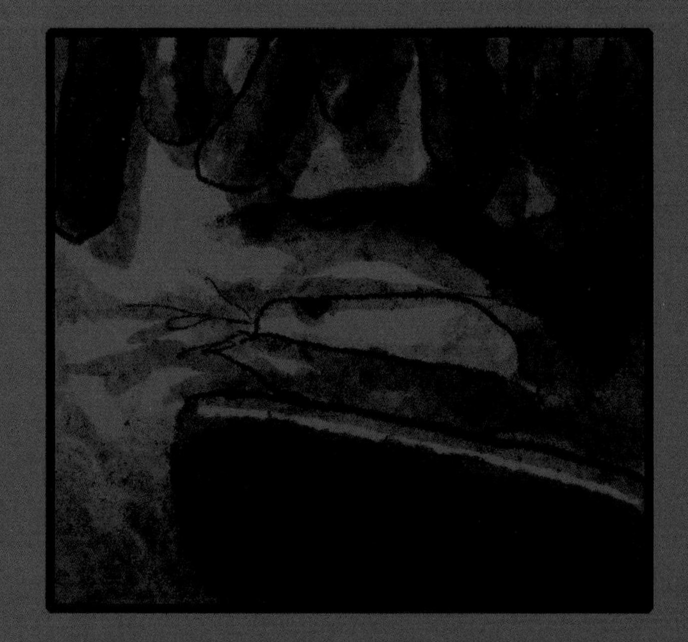

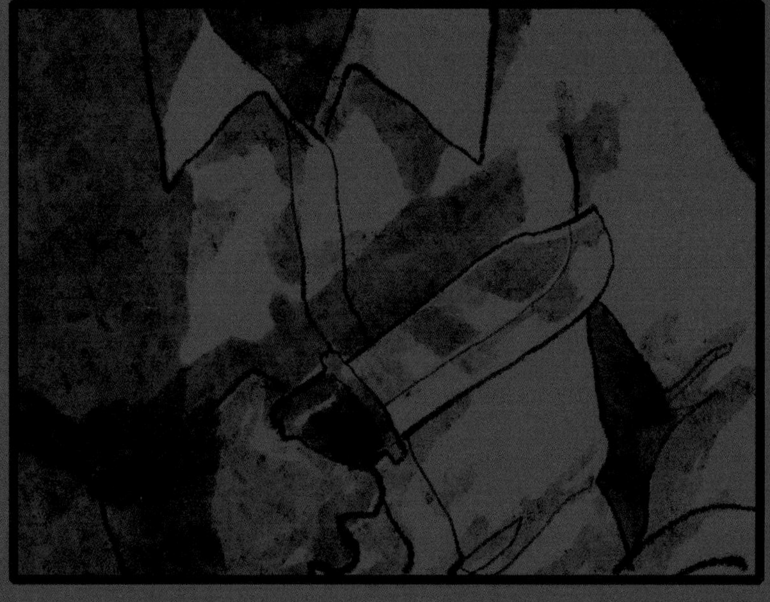

Um amigo costumava dizer "se for pra ser bom, seja só um pouco. Quem é um pouco bom vive cheio de aplausos e glórias. Quem é bom de verdade abala as estruturas. E pouca gente gosta disso".

Desde que conheci Vidraça, eu sabia que ele era bom demais pra esse mundo. Os olhos do garoto estavam sempre lá longe. Sempre olhando pra frente. Se pudesse ler isto, ele me recriminaria pelo "garoto". Mas pra mim sempre vai ser. Um garoto que mostrou pra esta senhora aqui que os limites da música são muito mais amplos do que o braço de um instrumento, e que o verso certo na hora certa pode realmente mudar a vida de alguém.

Mas a música é só uma parte disso tudo. Vidraça é um pensador, um filósofo. Quando ouviu as provocações da Trina contra ele naquele primeiro disco, cascou o bico e disse "essa mina tem que colar com a gente". E num piscar de olhos, ela se tornou a aliada e amiga que foi até decidir tomar seu rumo, como JD, Jagal e tantos outros e outras que são chamados de "os desaparecidos do Vidraça" por aquele cretino sensacionalista do Caso Dado.

O Coletivo Pé no Chão já se propôs a explicar tudo várias vezes, mas sempre que tentamos, nos chamam de loucos, alucinados, ou, como ficou mais popular recentemente, "seita". Graças a essas mentiras, uma das pessoas mais inteligentes e alegres que eu já conheci se tornou melancólico, cabisbaixo. A única coisa que o fez rir nesse período foi a ideia de colocar na capa deste álbum a cena que você está vendo (não sem deixar bem claro que queria ela ilustrada pelo seu cartunista favorito).

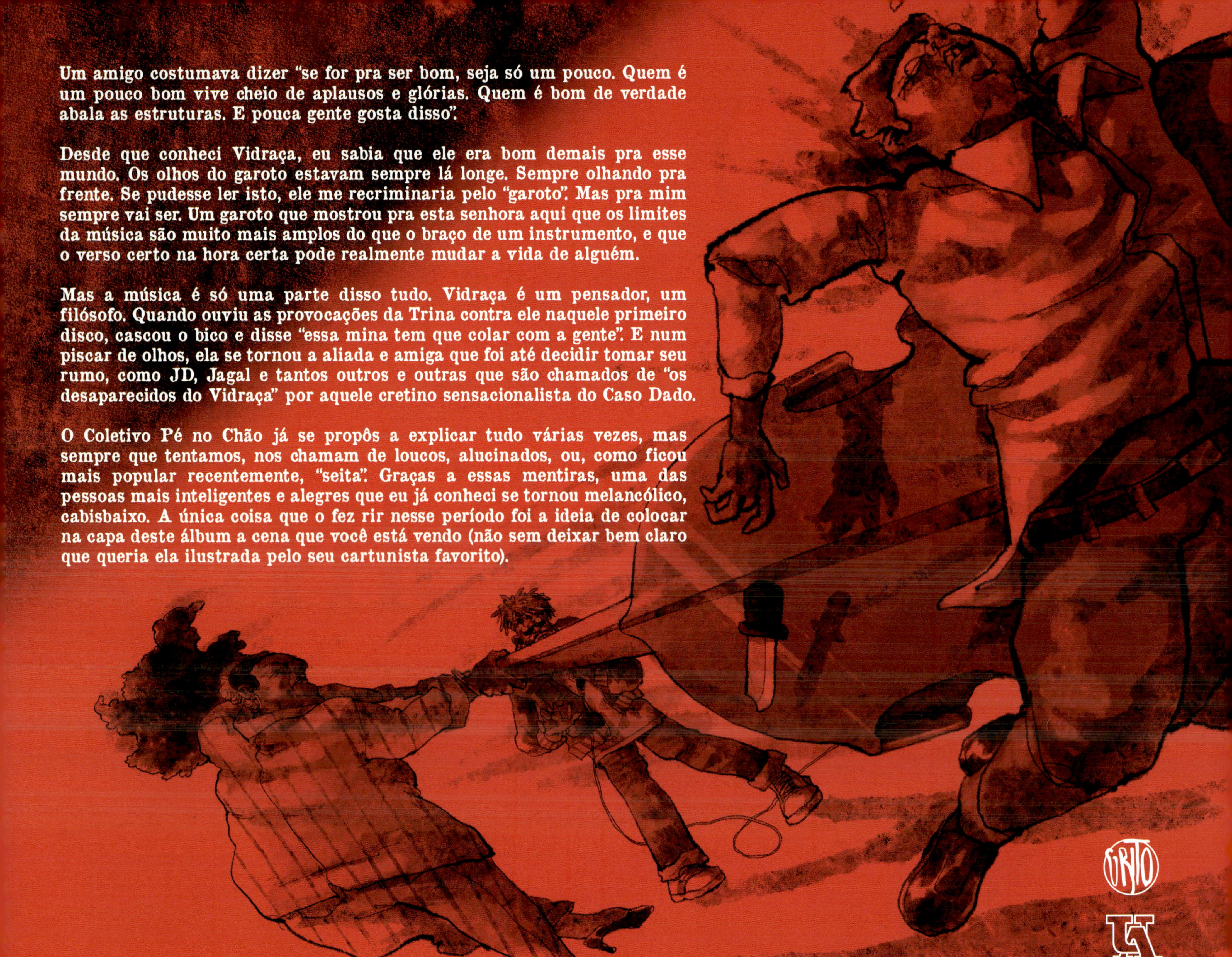

O desgraçado que tentou atacá-lo no show do Cucamonga foi um entre vários que apareceram desde que o "desaparecimento" de Trina foi noticiado em letras garrafais por Tamar Assis. Não me arrependo de ter impedido que uma tragédia acontecesse e, isto é uma promessa, mandarei pro hospital todos que tentarem encostar nos meus amigos. Tenho mais dois baixos verticais além desse.

Preciso dizer que, por mais que tenha se divertido com a cena, Vidraça foi alvo de várias ameaças como essa, feitas por coitados enganados por exploradores sem caráter. Ele sabia que não podia mais continuar aqui, então se tornou o mais novo "desaparecido" de Aguardela. Espero que estejam satisfeitos em calar a voz mais importante que tínhamos. Mas isso não acaba aqui. - Jojô

1. ASSASSINO / 2. MEUS PRÓPRIOS SAPATOS / 3. A LUZ / 4. ROQUE / 5. O QUE EU DEIXO / 6. O SOL / 7. A GENTE SE VÊ

Tocam Jojô, Guru, Treze, Brenda, Rojas. Cantam Solange, Grave, Sininho, Nuke e Vidraça. Produz Ruth. Ilustra Dani X.

ANOS 2000

2 cm.
fig 1.

A COSMOGONIA DA DÚVIDA

por Brida Martella

Se hoje sou chefe do Departamento de Física da Ontologia da Universidade de Aguardela, é por causa da fatídica tarde em que vi "Era uma vez no fim do mundo" num cinema vazio. Eram muitas perguntas de uma vez, muito mais profundas do que a minha cabeça da época podia suportar. Mas eu gostei da sensação. Eu queria mais.

Do cinema, fui direto pra Jacaletro comprar o CD do Sindicato, que segundo os créditos do filme completava a experiência, e virei a noite deitada com a roupa que cheguei da rua ouvindo aquilo. Em muitos sentidos, foi ali que eu entendi meu papel neste mundo, enquanto Sérgio Calado repetia quase choramingando "O que afinal tem debaixo das botas que me calçaram quando nasci?".

É o que venho tentando responder durante todos esses anos. E mesmo que o Sérgio tenha me preparado para isso durante nossas inúmeras conversas, o desafio de levantar essas questões seria muito maior do que eu poderia imaginar: como aplicar o método em um lugar que não faz sentido em qualquer âmbito científico?

Os desaparecimentos ficaram mais famosos, mas nas minhas gavetas tenho casos de árvores cujas folhas apenas flutuam em torno dos galhos sem qualquer ligação, de veículos que se movimentam sem combustível ou motor e de seres animados cuja estrutura interna é apenas algodão-doce. O que me leva às pessoas.

Ah, as pessoas. Descobri que alguns de nós são feitos de "materiais diferentes". É como se, no fundo dos ônibus, nos cantos dos bares, nas ruas laterais, aquelas pessoas com quem a gente não falaria normalmente fossem menos... completas. Elas repetem frases feitas, não se aprofundam em conceitos de passado e futuro e têm olhares imutáveis. É um tanto perturbador. E eu tenho tudo fartamente documentado, inclusive em vídeo.

Mas aparentemente ninguém em Aguardela quer entender o motivo das coisas serem assim. Poucos me dão atenção, e quem vê as provas costuma rir ou ignorar. Mesmo os que obviamente sabem muito mais do que eu sobre o que acontece aqui não querem falar. "Você está bem longe da sua resposta. Você precisa sentir antes de entender", me disse Vidraça na única vez que consegui que tocasse no assunto. Sim, eu falei com ele. Não, não tenho medo de ir em cana em um lugar onde Polícia deve ser só um nome de banda.

O que eu posso fazer então? O mesmo que meu mentor fez. Como ele chegou em mim, eu posso chegar em você. Porque se tem uma coisa que qualquer um aqui entende (ou sente) é a música.

Pois é. Não foram só questionamentos que o Sérgio me ensinou. =D

1. A OUVIDORIA DE TUDO QUE HÁ

2. CARNAIS E RAREFEITOS

3. GENTE SEM PASSADO

4. A TECTÔNICA DO ÉTER

5. BOSQUE DOS SENTIDOS

6. QUANDO VOCÊ NÃO ESTÁ OLHANDO

7. O SILÊNCIO

MARTELLA, Brida; guitarra, baixo, gaita, programações e voz
- com CALADO, Sérgio; guitarra, piano e voz.

Músicas compostas por Brida Martella e Sérgio Calado.

Capa: “Espécime não identificado no. 342 (Bosque dos Fados) figura 1”, por Brida Martella.

Este trabalho foi desenvolvido na verdadeira Universidade de Aguardela (foi mal, Ruth).

DORA
VANIA
TELMA

VERA

MERCADO MUNICIPAL

AGUARDELA

CIRCE

"A maior fofoqueira de Aguardela". Fui chamada assim algumas vezes ao longo da minha carreira, provavelmente por causa das inúmeras crônicas que musiquei em meus álbuns. Nunca me importei, até porque uma das melhores consequências de ser boa observadora é saber mais que todo mundo, e informação é poder. Pensando nisso, eu fiquei com vontade de realmente merecer o título, e cá estamos nós.

Vem comigo em um passeio pelo nosso Mercadão, pra gente ter dois dedos de prosa sobre algumas das histórias mais secretas de Aguardela! Algumas delas são beeem antigas.

Só me promete uma coisa: isso tudo morre aqui, hein?

Vera Circe voz, piano e violão Arnaldo Lippi baixo Marisa Malta bateria Célia Schultz teclado e programação

1. A Grande Lista dos Casais
O amor sempre esteve no ar, mas por que tão discretos?

2. Não Mexa com as Bruxas
Imagino que você não queira ter o mesmo destino do prédio da Delapress

3. A Diva que Não Envelhece
Qual será o segredo?

4. Muito Antes do Vidraça
Vou te contar dos desaparecimentos que aconteceram aqui desde os anos 50

Letras de Vera Circe - Produção de Arnaldo Lippi

5. Universidades
Será que um dia teremos uma de verdade?

6. Que Fim Levou o Grande Produtor?
Ele teve a música de Aguardela nas mãos, até que...

7. Receita Para se Fazer um Irmão
Ela bem que tentou

8. O Inaposentável
Sinto muito, pobre amigo, soube que mais trabalhos ainda estão por vir

TODOS OS
MARES
+ CASTELO JOSÉ . VIVI VITRAL . SOLANGE FREITAS . NINO JURUPARI
ARNALDO LIPPI . VALDEMAR CASTOR . GERALDINHO LEMOS
E MUITO MAIS!

CANTO: OMAR COSTA, VILMAR COSTA, WALDEMAR COSTA, EDMAR CID, GILMAR EUSTÁQUIO, GILMAR EUSTÁQUIO FILHO, ITAMAR DIAS, ADEMAR DIAS, LUCIMAR PONTES, ROSIMAR RANGEL, OSMAR BRAVO NETO, LINDOMAR FERRO, ELMAR LEMOS, ELISOMAR LESSA, RIBAMAR CHAVES, MARISOL SADA, MARISA CELESTE, MARVIN PORTO, ELOMAR FIGUEIRA, MARÍLIA ROSA, MARIA COSTA DIAS, DAGMAR VASCONCELOS, ROSAMAR FUSO, MARISTELA ROSA, DIOMAR NOGUEIRA, PALOMAR HERNANDEZ, TAMAR ROMIO, MÁRCIA GALVÃO, MARCELINHO COELHO, MARCOS DIAS PONTES, OMARZINHO COSTA, DELMAR JULIANO, MARINHO MEDEIROS, MARTINHA SALVO, MARJORIE SERENA, ITAMAR DIAS JR., CLAUDIMAR LEONE, MARCUS TIMBRES.

CONVIDADOS: VALDEMAR CASTOR, GERALDINHO LEMOS, ARNALDO LIPPI, NINO JURUPARI, SOLANGE FREITAS, VIVI VITRAL, CASTELO JOSÉ E DA GEMA.

PIANO: GUIOMAR COSTA
VIOLÃO: MARQUINHOS FORMIGA
GUITARRA: MARCO “AGULHA” DELONE
BATERIA E PERCUSSÃO: VALDEMAR CASTOR
METAIS: IRMÃOS ROCHA

DISCO 1

QUANDO EU VIRAR PASSARINHO (DORA)
MEU BUQUÊ (G. COSTA)
CAFÉ PEQUENO (M. ONEIDE)
SE A MÃE DEIXAR (XISTO-LIPPI)
PUDIM DE LEITE (G. LEMOS)
CHUTANDO FORTE (C. FOGO/M. TOLEDO)
AMOR DE SOBRA (LAURINDO BILL)
DEBAIXO DESSAS BOTAS (AUTORIA DESCONHECIDA)

DISCO 2

NINGUÉM ME VÊ CHORANDO (CAROLINO/LULUCA)
APRENDENDO A SER SÓ (MARCELO REINALDO)
FEIRA DOS GATOS (V. CIRCE)
CAINDO NA REAL (M. MIRANDA/P. SALAS)
OLHANDO ESTRELAS (W. PAIVA)
CARTA AMARELA (T. CESARINI)
DOLORES (CASTELO JOSÉ)
PRIMEIRO A ACORDAR (O. COSTA/W. COSTA)

PRODUÇÃO: CASTELO JOSÉ
CENÁRIO DO SHOW: MARIA EUSTÁQUIO
ARTE DO ÁLBUM: MARTA EUSTÁQUIO E MARIA EUSTÁQUIO
GRAVADO AO VIVO NO TEATRO NOVIDADE EM 10 DE JULHO DE 2008

HOTTO RORIZ
EDISON SAMARITANO
HOTEL DESASTRE

Então, um dia herdei um hotel que jamais ia administrar e imediatamente pensei em botá-lo abaixo. Pra isso, podia contratar uma empresa, ou então falar com algumas colegas que já fizeram algo parecido, mas resolvi tentar outra coisa.

Sou muito próxima de dois caras que já destruíram lugares muito mais resistentes apenas entrando neles - geralmente pra fazer música. Sempre quis ver como diabos funcionava isso (e ainda ia economizar uma grana), então trouxe meus queridos Desastres pra uma estadia no falidíssimo Hotel Cesarini.

Depois da antológica viagem que desbravou Aguardela e rendeu uma das mais lindas discografias já feitas, Hotto e Edison interromperam uma merecida aposentadoria no Bosque para atender o chamado desta velha amiga, que foi exatamente:

"Bora passar uns dias vendo filmes horríveis e comendo porcaria nesses corredores imundos enquanto cês derrubam isso aqui com o disco mais divertido que já fizeram?"

Neide chegou uma semana depois, e assim fizemos.

Quando não estávamos tossindo nossas almas pra fora do corpo por causa da poeira, lutando contra insetos de tamanhos que nem imaginávamos existir ou fugindo de filmes ainda piores que os insetos, começamos a gravar algumas coisas. Atrás da mesa de som, eu era a mesma criança que ouvia as histórias de Hotto aos seis anos, sentindo aquele friozinho na barriga esperando o prédio cair.

As canções eram diferentes de tudo que os Desastres tinham feito até então. Hotto Roriz, uma vez descrito como "a voz dos senhores da penumbra que os jornais tentam esconder das famílias sorridentes" compôs "Sol na pia da cozinha" e "Cochilo às três", enquanto Edison Samaritano, o homem por trás de canções como "Sem volta" e "Alma podre", apareceu com "Bebeto", um rondó em homenagem ao besouro que nos acompanhava todo dia na mesa do café. Juntos fizeram "Paredes quentes" e "Será que a lua está lá fora?".

Os dias foram passando e canções desse tipo se acumulando, enquanto discutíamos arranjos, escolhíamos as rimas mais bobas, queimávamos bolinhos e inescapavelmente tirávamos a poeira dos cantos e o lodo das privadas. Algum tempo depois, levamos pra dentro a gata que ficava espreitando no jardim e chamamos de Cléa. Dedeco chegou no mês seguinte, curioso pra ver o que tava saindo, e acabou ficando. As trinta e duas músicas viraram dez, consertamos o piso, mixamos tudo, trocamos as janelas, pintamos a fachada, masterização. Quando demos por nós, tínhamos o disco mais gostoso já gravado.

E gente, a casa não caiu.

SOL NA PIA DA COZINHA
BEBETO
PAREDES QUENTES
LISTA DOS ESCONDERIJOS DE CLÉA
COCHILO ÀS TRÊS
ASSADEIRA
TODO AÇÚCAR DO MUNDO
O EXÉRCITO (DE FORMIGAS)
SERÁ QUE A LUA ESTÁ LÁ FORA?
BOA NOITE, TELMA

Edison Samaritano - voz, percussão e violão
Hotto Roriz - voz e piano
Telma Cesarini - bateria e voz em "Boa noite, Telma"
André Xisto - guitarra e voz em "Boa noite, Telma"
Cléa - voz em "Boa noite, Telma"

Produzido por
Telma Cesarini e André Xisto

Gravado na nossa casa.

SELVAGENS

...DA MADRUGADA
NINGUÉM É TÃO FELIZ QUANTO A GENTE
SINTO TANTO A SUA FALTA
MINHA IMAGINAÇÃO
BOOGIE SELVAGEM
FIGURAS EXPLOSIVAS
ATÉ O FIM DO MUNDO
UFA! DEU CERTO
VOCÊ AMA?
O MELHOR ESTÁ POR VIR

MAITÊ TOLEDO: VOZ
CRIS FOGO: VOZ E GUITARRA
MARTINHA CASTOR: BATERIA
NIVALDO CÉSAR: BAIXO
VALDEMAR CASTOR: PERCUSSÃO

RUBI

NÃO POSSO PERDER (com Vânia Ayalla) **CONFIANÇA** (com Soninha Trovão e Nino Jurupari) **SINTA-SE À VONTADE** (com Solange Freitas e Vera Circe)
PESSOAS AUTORIZADAS (com George Bello e Tati Nareba) **JOIA DA COROA** (com Vivi Vitral) **ESPIRAL DO SOM** (com Vagão 3)
O CASO DO INGRESSO PERDIDO (com Podrinho e Pachecona) **ISOLAMENTO ACÚSTICO** (com André Xisto e JD) **VERÃO FELIZ** (com Vera Circe)
FOGO E TROVÃO (com Cris Fogo e Soninha Trovão) **CROCODILAGEM** (com Da Gema e Laura Mallone) - arte de Fernanda Xisto

Minha primeira lembrança são os acordes iniciais de "Batida de Verão", que era uma verdadeira febre lá em casa. Meus pais e meus irmãos ouviram esse disco todo domingo durante quase uma década.

Em 1976, com 13 anos de idade, eu ganhei o disco "Jacaletro Megamix 3". Foi uma ação promocional da loja. Meu pai comprou um aparelho de som e recebemos o LP de brinde. Aquilo me abriu a cabeça, expandiu minha percepção, mudou meu mundo e propôs um caminho. Antes de terminar o Lado A, eu já havia decidido que queria trabalhar com música. Mas como a menina mais tímida da escola, que tinha vergonha até da própria sombra, ia criar coragem pra cantar, tocar, subir num palco...? Não era pra mim.

Três anos depois, veja só, fui contratada como auxiliar na Jacaletro. Ali fiz amizades inestimáveis, conheci muita música nova e encontrei minha salvação: a fantasia de Jacalé, que era o terror dos funcionários no verão, se tornou minha proteção e me desinibiu. Parece paradoxal, né? Para conseguir socializar, me escondi sob uma máscara.

Nesse meio tempo, aprendi mais sobre uma profissão que me instigava muito quando lia os créditos de Orione Xisto, Leila Aravena, Carolino, Rita Briamonte, Lírio Floriamor, Lilo Lombada, George Bello: PRODUÇÃO. Demorei um pouco pra entender o que um produtor faz, e muito mais para sacar a sua importância. Sorte que o destino foi me trazendo gente como Soninha, Podrinho, Nareba, Juras, Cachorrão... E naturalmente fui ajudando eles com o que dava, com a intenção de somar, de melhorar aqueles sons incríveis e registrá-los da melhor maneira possível, o que posteriormente me levou a fundar a gravadora Universidade de Aguardela e adquirir o que havia restado do selo CACO, inativo desde 1968, mas jamais esquecido pelos entusiastas da música aguardelense.

Hoje, posso dizer que colaborei com alguns dos maiores nomes da nossa música, e eu não poderia estar mais feliz. Este disco, que existe por insistência e carinho desses muitos amigos, me enche de orgulho. Obrigada a todos vocês. Bom, pra quem quase nunca fala nada, acho que já falei demais.

Para terminar, dedico este álbum ao meu querido amigo Vidraça: desejo de coração que você colha bons frutos em todos esses corres. Boa sorte, meu irmão.

R. Rubi

COLETIVO PÉ NO CHÃO RECEBE
RUSSO PASSAPUSSO

UMA EMPREITADA

Ouça aqui a música "Dora"

DORA (Russo Passapusso part. Karina Buhr)

PRA QUEM FICA (Vânia Ayalla/Solange Freitas)

A FEIRA DO ENTORNADO (Trina OS/JD/Mana K)

ÂNCORAS (Sérgio Calado/Russo Passapusso)

DOIS PASSINHOS (Vivi Vitral/Jojô)

TUDO NOVO (Pedro José/Vânia Ayalla)

QUEIMA CHÃO (Trina OS/Mana K)

CANTO SURDO (Sérgio Calado/Diogo Loures)

ESPIRAL (Trina OS/Russo Passapusso/JD)

DEVOLVER (Vânia Ayalla/Vivi Vitral)

E AGORA? (Russo Passapusso/Mauro Jagal)

PRODUÇÃO DE RUTH RUBI

Entre idas e vindas, participam do Coletivo neste álbum Vânia Ayalla, Trina OS, Sérgio Calado, Vivi Vitral, Mauro Jagal, JD, Treze, Mana K, Jojô, Solange Freitas, Pedro José, Diogo Loures e nossos convidados Russo Passapusso, Sekobass, Ubiratan Marques, Karina Buhr, Nilton Azevedo, Erica Sá, Reinaldo Boaventura, Gustavo Lenza, Felipe Tichauer, Lohana Schalken, Carina Palmeira e Claudia Santa Rosa.

Somos um grupo focado em entender nossa existência, divulgar a verdade e oferecer a escolha.

Capa de Trina OS sobre artesanato de Davina Bonequeira.

HERMES
O LEVA E TRAZ

1. UM CONTO DE DOIS LUGARES

2. LINHA DOURADA
PIRITUBA - CASCOTURVA

3. A BATALHA DO REAL

4. DO BOM E DO PIOR

5. MAIS UM BURACO NO MAPA

6. SEGUE O MELÔ DO SAPATEIRO

7. CADA TRAVESSIA É UM
NOVO EU

8. DEIXA EU TE CONTAR
DE UM POVO HEROICO

9. CAPÃO

10. PRA ONDE EU VOU
TE LEVO, MEU VÔ

E aí, como tão as coisas?

Agora que tô entendendo melhor este lugar, resolvi aproveitar as férias pra dar uma passadinha e falar contigo. Eu sei que tu tá de olho em absolutamente tudo que acontece por aqui.

Antes de mais nada: respeito imensamente a sua história. Não acho que você nasceu diferente de ninguém, mas sua maneira de ver o mundo e a necessidade de responder a ele formou coisas tão fortes dentro de ti que quando elas saíram… enfim, o que tu fez não foi pouco, Dora.

Se eu pudesse escolher, preferia que o mundo de lá fosse seu também. Porque tem algo de muito, muito errado ali. Mas também tem gênios fazendo o que podem pra mudar as coisas. Outro dia, um deles cantou um verso que me fez te entender muito mais que qualquer coisa que eu já tenha ouvido aqui: "Gente é pra brilhar, não pra morrer de fome". Eu sei que você sabe disso melhor que ninguém, porque aqui em Aguardela a segunda parte simplesmente não faz sentido.

E é assim que deveria ser.

Mas não é. Aqui é de fato um paraíso, mas um paraíso pequeno. Uma gaiola dourada, com o perdão da franqueza. Toda a magia daqui fica pálida diante daqueles cheiros medonhos e sabores intragáveis. Sim, lá eu posso morrer de fome, mas é onde minha arte pertence. Foi ela quem me levou até lá. Meus versos não cabem em um mundo fácil. Eu os faço para que aquele povo brilhe um dia, e eu brilhe junto. E apesar de não ter conseguido muita coisa até agora, eu tive lampejos desse brilho. Do brilho ofuscante da realidade.

E me desculpa, mas não tem nada igual.

Eu vou continuar a missão de botar o pé do povo daqui no chão, você sabe. Já vou levar mais um punhado comigo, porque o mundo de lá precisa muito mais de nós que este. Mas uma coisa eu reconheço: é bom demais poder respirar num lugar feito pra gente ser o que deveria.

Aliás, eu trouxe velhos conhecidos comigo, além de um amigo de lá que quis vir junto e tá apaixonado pelo que viu aqui. Espero que tenha ouvido o recado que ele te mandou.

Te desejo o melhor dos futuros, pra ti e pra Aguardela.
Não que vocês vão precisar.

PARTICIPAÇÃO DE TRINA NAS FAIXAS 2 E 9, JD NAS FAIXAS 3, 5 E 8, MAURO JAGAL NAS FAIXAS 3 E 9, LILI NAS FAIXAS 4 E 9, LAURA MALLONE NA FAIXA 6 E RUSSO PASSAPUSSO NA FAIXA 1

INSTRUMENTAL DE JOJÔ, GUIMA, NAREBA, BRENDA E JD

RUSSO PASSAPUSSO GENTILMENTE CEDIDO PELA REALIDADE

PRODUZIDO POR JAGAL E RUBI

SALVE NOVA OIRÁ - AINDA VOU TE LEVAR INTEIRA COMIGO

Eu não sei bem como aconteceu. Mas sei quando: no momento em que entendi que o mundo já tinha decidido por mim o que eu poderia ser.

A poesia, a melodia e a leveza estavam reservadas para outros, não para mim. Eu poderia, sim, encontrá-las, mas nos sonhos, nos curtos períodos onde não estava fazendo o que me mandavam.

"Só faz o que manda o seu coração", cantava a moça alegre no rádio repetidas vezes enquanto eu vislumbrava a vida que aquele lugar tinha reservado para mim, como se eu estivesse dentro de uma pintura. E definitivamente não era a vida que eu queria. "Só faz o que manda o seu coração". Eu não conseguia sair daquele quadro, não importava o quanto tentasse. "Só faz o que manda o seu coração". No começo era o desespero da impotência diante de um destino já traçado. "Só faz o que manda o seu coração". Depois virou raiva, que virou ódio, e senti o meu corpo queimar, levando junto o que estava em volta. "Só faz o que manda o seu coração".

Depois veio a paz.

E com ela, o canto dos pássaros ao fundo, o barulho de um riacho e o cheiro de terra. Quando abri os olhos, vi que meus pés calçavam botas já sujas de longas caminhadas e não os sapatinhos apertados que eu era obrigada a usar. Nas minhas mãos, o violão que eu nunca pude ter e que, de alguma forma, agora sabia como tocar. E minha voz...

...minha voz era a de sempre. A mesma voz com a qual eu cantava quando não tinha ninguém por perto. Só que eu sabia que agora iam me ouvir. Felizmente, meu bloquinho de versos estava no bolso, e eu podia ouvir algumas risadas adiante. Talvez logo ali tenha uma praça onde eu possa me apresentar. Talvez a dona de um bar me chame para tocar lá. E quem sabe alguém até grave um disco meu.

Aqui posso ser quem eu nasci pra ser. Eu e todo mundo que também não tinha a menor chance do outro lado. Vocalistas, instrumentistas, poetas, desenhistas e jornalistas povoaram este lugar com seus sonhos e carreiras, que de outra forma não chegariam a ser. Essas histórias se sobrepõem, se conectam umas às outras, e Aguardela amarra tudo, criando a "gaiola dourada" maravilhosa que nós tanto amamos.

Você é um dos meus filhos mais talentosos e corajosos, e eu tenho muito orgulho de ti. Use sua habilidade de ir e vir da maneira que achar melhor, te desejo toda sorte no outro mundo. Mas não espere que todos compartilhem do seu amor por aquele lugar. A maioria de nós está aqui por motivos bem fortes e não tem qualquer interesse em saber de lá - até por não haver mais lastro, como é o meu caso.

Quando cansar das portas fechadas, do desalento e da impotência, saiba que Aguardela será sempre sua.

Aqui nada morre, nada acaba. Só o que precisa acabar.

Nosso show se estenderá por toda a eternidade

e seu nome estará sempre na porta

Dedicado a Marília, Maitê, Meg, Waldemar,
Velho, Cumbica, Xicro, Selina e Frida.

E a João Aguardela, nosso muito obrigado.

COMPONDO AGUARDELA

No dia 15 de junho de 2023, o Raphael Salimena me enviou uma mensagem no WhatsApp dizendo que queria me apresentar um projeto novo. Me interessei na hora, pois sou fã dele e foi um barato trabalharmos um pouquinho juntos na capa do *Maxwell, O Gato Mágico*, do Alan Moore.

Então ele chegou com a ideia principal: contar a história da cena musical de um lugar fictício, tipo um *mockumentary*, com um grau de realismo fantástico, uma coisa meio *Roque Santeiro* e *Palomar*, do Gilbert Hernandez... Mas narrado por meio das artes e textos das capas de 100 discos, como se fosse também um *artbook*, algo como o livro *1000 Record Covers*, da editora Taschen.

Não pestanejei, topei imediatamente. Embarquei como editor, mas logo estava dando algumas ideias, até que achamos melhor criar a história toda juntos. Então passei a ser corroteirista, graças à generosidade do Rapha, que me ajudou demais nesse primeiro trabalho criativo que realizo.

Muita gente que acompanha o Pipoca & Nanquim me perguntava quando eu escreveria um quadrinho ou livro, e, sinceramente, nunca tive muita convicção em relação a fazer isso, porque até então eu nunca havia efetivamente tentado. A parceria com o Rapha foi me despertando esse lado autoral bem naturalmente e me dando segurança, pois ele sabe contar uma história como poucos, e lhe agradeço imensamente por isso.

Nosso processo de trabalho foi delicioso. Reuniões semanais para conversar sobre música, referências e a condução da história. Depois de algumas coisas delineadas, o Rapha desenhava as capas, e o resultado era sempre mil vezes melhor do que eu tinha imaginado. *Aguardela* foi tomando forma e ganhando vida própria: os personagens frequentemente se escreviam sozinhos, sem brincadeira.

Colocamos muito do que amamos em todas as páginas deste livro, e esperamos que isso tenha reverberado de certa forma em você, que acabou de ler.

No meio desse processo, a vida me trouxe a amizade de Russo Passapusso, um cara que eu já idolatrava nos palcos e discos e, agora que o conheço melhor, admiro ainda mais. Em uma conversa num café ao lado da Loja Monstra, contei a ele mais detalhes sobre *Aguardela*. Ele se entusiasmou com tudo e gostou principalmente da nossa protagonista, a Dora.

Russo teve uma bela história com uma outra Dora, em Salvador, que trabalhava vendendo discos e o ajudou em diversos momentos da vida. Ele já havia escrito uma letra em homenagem a ela, mas nunca gravado... Eis que, num estalo, diz: "Essa minha música casa perfeitamente com o livro de vocês! A Dorinha de Aguardela é a mesma Dora que eu conheci. Tô arrepiado. Vou reunir minha galera e gravar a música pro projeto de vocês."

Conversa vai, conversa vem, e não é que ele realmente gravou a música? Você pode ouvi-la via QR Code na contracapa do disco *Coletivo Pé no Chão Recebe Russo Passapusso*. Que presente! A "galera" que ele reuniu foi simplesmente um timaço com alguns dos melhores músicos da atualidade. "Dora" é um bálsamo para os ouvidos.

Por essa demonstração sem igual de afeto, fica aqui o nosso eterno agradecimento. Foi lindo ver realidade e ficção se mesclando a esse ponto.

É isso. Quase um ano e meio depois, finalmente temos este livro pronto, e ele é, definitivamente, um dos maiores orgulhos da nossa vida.

Daniel Lopes
São Paulo, outubro de 2024

Danielzinho escreve melhor, deixa ele.

Raphael Salimena
Juiz de Fora, outubro de 2024

RAPHAEL SALIMENA

Vive em Juiz de Fora, Minas Gerais, e faz quadrinhos desde 2006.

Começou com as tiras do *Linhadotrem*, que já renderam quatro coletâneas impressas pela Editora Draco, cinco prêmios HQMix e hoje são produzidas para assinantes de forma independente. Também pela Draco, publicou *Argos: Um Fim do Mundo Muito Louco*, escrito em parceria com Léo Martinelli, e a *space opera Vagabundos no Espaço: Volume Um*. Pela Pipoca & Nanquim, assinou a capa da segunda impressão de *Maxwell, O Gato Mágico*, de Alan Moore — de quem recebeu o ensinamento mais importante da sua vida: "arte é, literalmente, magia".

Formado em Comunicação Social pela UFJF, é estudante de tarot, jogador de gacha, pai de gatos, cantor de chuveiro e torturador de instrumentos musicais. Voltou a comprar CDs quando Bowie nos presenteou com *Blackstar*, e percebeu que nos anos em que abandonou a mídia física não ouvia música, apenas a usava como pano de fundo para outras coisas.

Se considera um artista amador (mesmo quando é pago) e espera manter-se assim até se aposentar e ir morar no Bosque.

DANIEL LOPES

Nasceu em São José dos Campos, em 1985, e atualmente mora em São Paulo. Se graduou em Ciências Econômicas pela UNESP em 2010, concluindo o curso com a tese *Constituição e Dinâmica Recente do Mercado de Histórias em Quadrinhos no Brasil*.

Foi coautor dos três livros da série *Quadrinhos no Cinema*, lançados pela editora Generale entre os anos 2011 e 2013. Foi editor e tradutor da editora Panini Comics entre 2012 e 2017, sendo um dos responsáveis pelos títulos da DC Comics e do selo Vertigo. Desde 2010, integra o Pipoca & Nanquim, um canal de YouTube especializado em cultura pop, que evoluiu para lançar-se também como editora em 2017, ano em que perdeu a conta de quantos livros e discos possui na coleção.

Daniel já colaborou com algumas das principais obras dos quadrinhos mundiais e editou HQs originais de grandes nomes do cenário nacional, como Jefferson Costa, Bianca Pinheiro, Pedro Mauro, Camilo Solano e Guilherme Petreca.

100 Discos Para Conhecer Aguardela, criado em parceria com Raphael Salimena, é seu primeiro livro autoral.

ORIGINAL
PIPOCA &
NANQUIM

TODOS OS DIREITOS DO PRODUTOR FONOGRÁFICO E DO PROPRIETÁRIO DA OBRA GRAVADA SÃO RESERVADOS. A REPRODUÇÃO, EXECUÇÃO PÚBLICA E RADIODIFUSÃO DESTE DISCO ESTÃO PROIBIDOS